NHK 100分 de 名著 ブックス

# 源氏物語

*Genjimonogatari*

## 紫式部

*Murasaki Shikibu*

三田村雅子

NHK出版

# はじめに――想いは届けられるか

日本最高峰の「古典」といわれ、世界の中でも高い評価を占めてきたのが『源氏物語』です。今から千年も昔に書かれたものなのに、作品の密度、構成、面白さ、美しさのどれをとってもこれを超えるものはなかなか出てこない、奇跡のような作品です。

これから四章にわたってみなさんに『源氏物語』のお話をしていくわけですが、そのイントロダクションとして、『源氏物語』の本のかたちについて一つ、内容の「特別なこだわり」について一つご紹介しようと思います。

これほどの大古典ですが、『源氏物語』はその初めには小さくて簡便な升型本《ますがた》と呼ばれるかたちで書き始められたようです。当時、紙はたいへん貴重でなかなか手に入らないものでした。紙をたくさん使う大型の書物は仏典・漢籍・漢詩文・勅撰和歌集などに限られていました。文芸の中で物語や日記の地位は低く、手軽な小型本として流通しました。

ちょうど私たちがよく読む文庫本や新書本くらいの扱いでしょうか。権威的な書物は大判で縦長の「大本」といわれるかたちで流通していたのに、物語はずっと軽い扱いだったようです。

その小さな本が「桐壺《きりつぼ》」「帚木《ははきぎ》」「空蟬《うつせみ》」「夕顔《ゆうがお》」「若紫《わかむらさき》」と一冊一冊タイトルを付けて読み切りのように流布していったのでしょう。面白ければ続編が要求され、読者による紙の供給もあったでしょうが、面白くなければそこで終わってしまうという、読者と作者の強い結びつきの中での真剣勝負でした。今でいえば少女漫画の連載のような、読者の熱気と期待に支えられた執筆だったのです。

『源氏物語』は藤原道長《ふじわらのみちなが》がスポンサーになってできたという、よくある解説を信じておられる方も多いと思いますが、紫式部《むらさきしきぶ》が道長の要請によって宮仕えに出たのは、『源氏物語』の評判が高くなり、無視できなくなってからの出来事であり、その当初はスポンサー抜きの綱渡りだったのです。『源氏物語』のスリリングな挑戦は、お雇い作家となる前の少数の読者にかたちづくられました。その当初の文学仲間こそ、『源氏物語』を共有し、熱狂し、勇気づけた存在だったようです。『紫式部日記』によると、それらの友人を作者は宮仕え後に失ってしまいますが、当初の大胆な志を忘れず、その原点を常に振り返って書くことを続けようとしています。

道長によって後援された『源氏物語』は、やがて、中宮彰子《ちゅうぐうしょうし》のための豪華な本造りに結実しますが、権威的な装飾本に作者は疎外されたようなさびしい思いを洩らしています。「こころみに物語を取りて見れど見しやうにもおぼえず（物語を読んでみても、自分の物語のような気がしない。これは私の『源氏物語』ではない――）」。豪華な装飾本ではなく、差別された、小さく、粗末な、軽い本にこめられた作者の野心と夢をぜひ汲み取っていただきたいと思います。

その「小さな本」は、愛をめぐる物語として描かれました。しかし、稀代の色好み光《ひかる》源氏《げんじ》による手当り次第の恋の冒険の物語だとお考えだとすれば、それは違います。『源氏物語』は愛の成果を羅列する物語ではなく、愛のすれ違いや空転、誤解、伝えることの難しさを、微に入り、細を尽くして語る物語です。どれほど愛していてもその想いが伝わらない、肝心のところで伝えきれない想いを抱えながら、孤独の中に生きる人びとの物語です。

「桐壺」帖の桐壺更衣《きりつぼのこうい》と桐壺帝の別れのシーンも、どこまでも更衣に執着し、溺れる帝を描きながら、更衣が最後に発した言葉にもならない言葉に、物語は最後までこだわります。届けようとして果たせなかった更衣の願い「いとかく思ひたまへましかば（こんなになると思っていましたら――)」という言いさした言葉はそのまま遺されて、以後この場面を反芻《はんすう》する帝の心の中で大きなものとなっていきます。物語はその詳細について語りませんが、沈黙の中で更衣が何を言いたかったのかの推定は読者の想像にゆだねられているのです。

六条《ろくじょうの》御息所《みやすどころ》と葵《あおい》の上《うえ》の物語も息づまる神経戦です。光源氏が私のことを葵の上を取り殺した犯人と疑っているかもしれないと推し量った御息所は、光源氏の思いを知るために洗練の限りを尽くして弔問の手紙を贈りますが、光源氏の冷ややかで突き放した返事にすべてを悟って身を引きます。その後の光源氏の未練、御息所の未練についても物語は筆を尽くして描き出します。あやにくな関係の中で、相互に相手を思いながら、その想いを交わすことのできないコミュニケーションギャップをめぐって、物語は何度も筆を割《さ》いています。

御息所に取り殺されたと考えられた葵の上についても事情は同じです。出産後初めて外出する光源氏を見送る葵の上のまなざしは、初めて光源氏への執着を見せているようにも考えられるのですが、そのまま彼女が発作で命を落としてしまうと、あれは御息所が憑《つ》いていたからだと思われてしまうのです。

愛があるから想いが伝わるのではなく、どこまでも想いがすれ違ってしまうという愛の不可能性をめぐって物語は書き続けられていきます。

物語が大事にしたその一つ一つのずれときしみを取り上げながら、そのすれ違いを超えてさらに求められていくものを考えてみました。お楽しみいただければ幸いです。

# 目次

はじめに
想いは届けられるか……005

第1章
光源氏のコンプレックス……013
帝になれなかった皇子／『源氏物語』に込めた思い
光源氏の王権回復／『源氏物語』を書くきっかけ
光る君の「光」とは何か／美しくも危険な物語
フィクションを隠れ蓑にして

第2章
あきらめる女、あきらめない女……049
光源氏と女君たちとの関係図式／光源氏の暗部を映す六条御息所
もののけは本当にいるのか／形代であることを知らなかった女君
娘を手放した明石の君／対をなす明石の君と紫の上

第3章
体面に縛られる男たち……079
暗転する「若菜」／それは、女三の宮の降嫁から始まった
繰り返される「紫のゆかり」／自分の場所が揺らぐとき
因果はめぐる／他者からのまなざし

第4章
夢を見られない若者たち……105
光隠れたまひにし後／自分の存在に疑問を持つ薫の君
光源氏の反世界を描く／空まわりする薫の恋
形代・浮舟の登場／なんでも薫と張り合う匂宮
悩み抜く浮舟／そして「書く女」になった
現代とよく似た物語

ブックス特別章
歌で読み解く源氏物語……132
読書案内……163

＊本書における『源氏物語』引用部分の原文は『新編日本古典文学全集20〜25　源氏物語』（阿部秋生、秋山虔、今井源衛、鈴木日出男　校注・訳、小学館）を底本としています。

# 第1章——光源氏のコンプレックス

## 源氏物語 関係系図

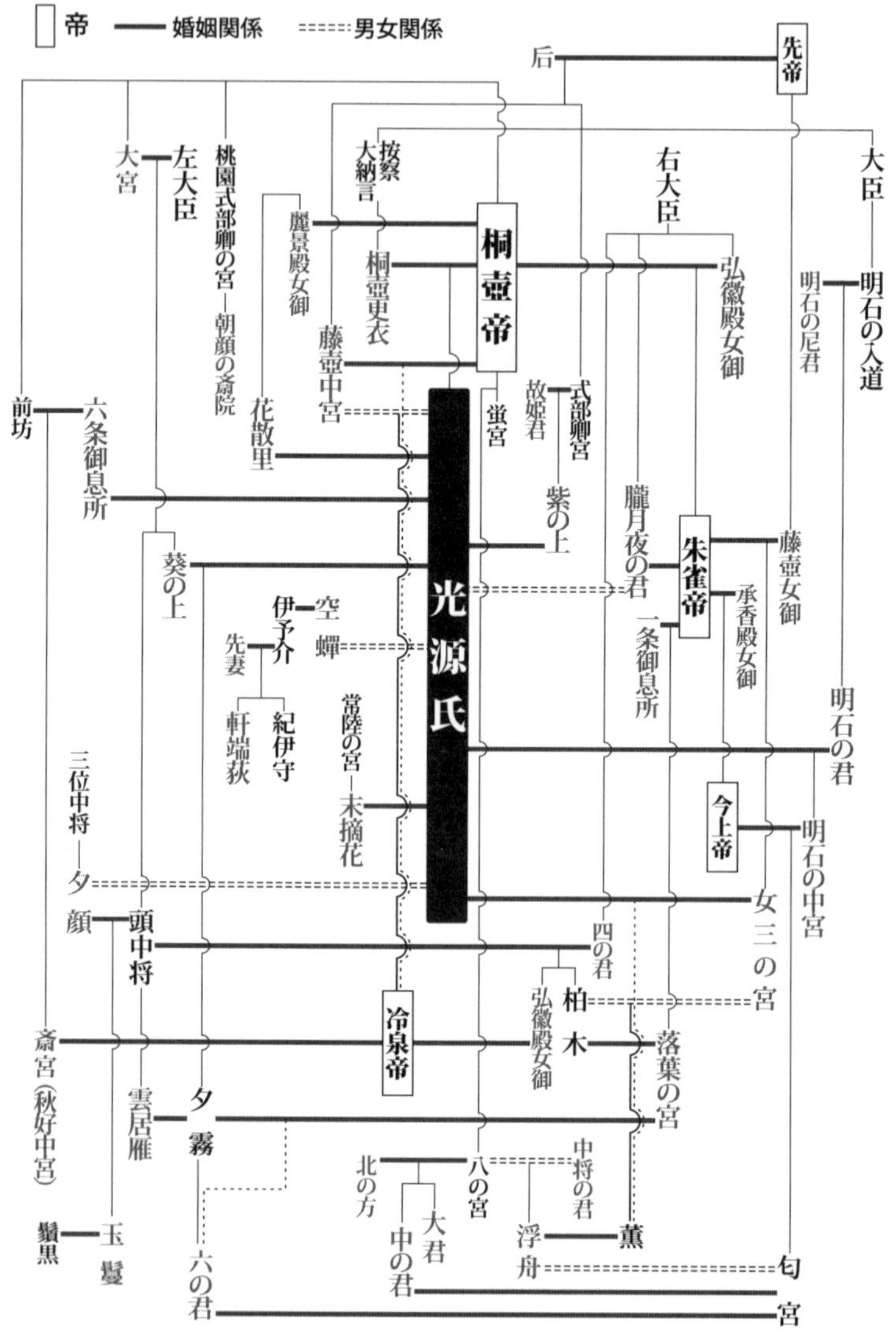
帝
婚姻関係
男女関係
先帝
后
大臣
右大臣
按察大納言
桃園式部卿の宮
朝顔の斎院
左大臣
大宮
明石の入道
明石の尼君
弘徽殿女御
桐壺帝
麗景殿女御
桐壺更衣
藤壺中宮
花散里
式部卿宮
故姫君
蛍宮
六条御息所
前坊
紫の上
藤壺女御
朱雀帝
朧月夜の君
葵の上
光源氏
空蟬
伊予介
先妻
紀伊守
軒端荻
承香殿女御
一条御息所
明石の君
常陸の宮
末摘花
今上帝
明石の中宮
三位中将
夕顔
女三の宮
頭中将
四の君
柏木
弘徽殿女御
冷泉帝
落葉の宮
斎宮（秋好中宮）
夕霧
雲居雁
中将の君
八の宮
北の方
大君
中の君
浮舟
薫
玉鬘
鬚黒
六の君
匂宮

## 帝になれなかった皇子

光源氏[*1]——というと、みなさんはどのようなイメージを抱かれるでしょうか。一般に東洋のカサノヴァ[*2]、ドン・ファン[*3]ということで通っているようですから、「多くの女性の心をもてあそんだ、色好みの男」といった答えが多いかもしれません。しかし、物語を読んでみると、そのような単純なものではないことがわかります。私が見るところ、光源氏という人は、かなり強いコンプレックスを抱いていた人で、その屈折した思いにまつわるところで、いろいろな女性を好きになったり、関係を持ったりしていたのではないかと思われます。

『源氏物語』には数多くの女性が登場しますが、中でも源氏が心惹かれるのは、「好きになってはいけない相手」です。いわゆる禁断の恋に惹かれる傾向がとても強くあるのです。

その代表格は、父の桐壺帝が寵愛《ちようあい》したお妃で、義理の母にあたる藤壺中宮《ふじつぼのちゆうぐう》です。光源氏と彼女が密通して生まれた子は、後に帝（冷泉帝《れいぜいてい》）となります。六条御息所[*4]との関係も、禁断の恋の部類に入るでしょう。六条御息所は前の東宮《とうぐう》[*5]の未亡人で、そのような身分の人が再婚することが仮にあったとしても、正妻以外は考えられないのですが、光源氏は強引に口説き落としてしまいます。それだけではありません。自分の異母兄である朱雀帝《すざくてい》の寵姫の朧月夜《おぼろづくよ》の君《きみ》とも関係していますし、男性と交わってはいけない斎院《さいいん》*6である朝顔《あさがお》の姫君《ひめぎみ》にもそうとう熱心に迫っています。これらを見てみると、光源氏の欲望が「天皇に関わる女性を自分のものにしたい」というところから湧き出ているような気がします。

なぜそうなってしまうのか。それは、光源氏が「天皇になれなかった皇子」だということと深く関係しているように思われます。光源氏は桐壺帝という帝の皇子であり、才能や素質から次期天皇になる可能性もありましたが、父帝によって「源氏」という臣下に降ろされ、その可能性は途絶えてしまいました。桐壺帝がそのような処遇をとった理由については後で述べますが、いずれにしても、源氏はその不遇感からかえって強い上昇志向を持つようになります。このように見てみると、『源氏物語』は、天皇になりそこねた皇子である光源氏が、満たされぬ心とコンプレックスのないまぜになったところで繰り広げた禁断の恋の物語ということができるのです。

話を進める前に、光源氏はなぜ「源氏」なのかという「臣籍降下」について補足しておきましょう。

今の天皇制では、天皇の子孫は子供も孫もみな親王《しんのう》（男）か内親王（女）になりますが、平安時代には孫世代の親王はなく、親王宣下《せんげ》を受けられるのは直宮《じきみや》（直系の子供）のみ、しかもそのうちの母の身分が高い半分くらいしか親王になれませんでした。

親王のみが皇位継承権を持ちますから、この違いは大きなものでした。かつては嵯《さ》峨《が》天皇[*7]や醍醐《だいご》天皇[*8]に皇子、皇女が多く――中には三十～五十人もいる場合がありました――、すべてを親王にしたら養いきれないという問題がありました。それに加えて、この皇子たちを天皇家を支える氏族として、皇族の外に置こうとしたのです。そのため、親王にできない子供には姓を与えました（皇族は姓を持ちません）。光源氏の場合は「源《みなもと》」の姓です。これを臣籍降下といい、天皇の息子で源氏になった者を「一世《いっせい》源氏」といいます。氏族としての格は藤原摂関家[*9]よりも高く、臣下としてスタートする場合の位も藤原摂関家の嫡流より一段上です。

親王になれるかなれないかの分かれ目はどこにあったかというと、おおむねは母親の身分に拠っています。同じ天皇の夫人でも、中宮、女御《にょうご》、更衣[*10]といった序列があって、源氏になった皇子の母親はすべて更衣以下です。光源氏の母も更衣でした。

## 『源氏物語』に込めた思い

この臣籍降下の措置によって、平安時代の一時期、政界は躍進する一世源氏でかなり華やかになりました。しかし、一世源氏たちが活躍すればするほど藤原摂関家にとっては邪魔な存在になりますから、難癖をつけて一世源氏の人びとを排除したり追放したりするケースが次第に増えてきて、結果として「一世源氏」というシステムは機能しなくなったのです。『源氏物語』が書かれる五十年ほど前を境に、一世源氏が新しく設けられることはなくなりました。

では、なぜ紫式部はすでに存在しなくなった一世源氏をわざわざ物語の主人公に据えたのでしょう。それは、目の前に繰り拡げられている藤原摂関家一辺倒の世の中への批判という意味だったと考えられます。少し前まで一世源氏という人びとが活躍していて、光り輝いていたことがあったのだ——なぜそれがなくなってしまったのか、という思いを込めて、光源氏の物語を書き、現実の政治のありように一石投じたのではないかと思います。

女房という立場の女が政治批判などと、まずくはないか。そこで時の権力者であり、紫式部を引き立ててくれた藤原道長[*11]に睨まれたりはしなかったのか、とお思いになるでしょうが、現実には、そこはフィクションという逃げ場があったわけです。『源氏物語』には語り手の女房が何度も顔を出しますが、語り手＝紫式部というわけでもありません。

また、ちょっと不思議なことに、道長という人は、藤原氏一辺倒ではなかったという点も注目すべきでしょう。源氏の姫君たちを妻に迎えたり、妻の弟や甥（源氏）を養子に迎えたりしていて、源氏と藤原氏の血を合わせようとしていたところがあるのです。もしかすると道長は、藤原氏の他の人びとから差をつけるためにも、源氏たちを優遇したということなのでしょうか。

そこには一世源氏が制度的に絶えてしまった後も、なお息づく源氏への羨望と嫉妬と憧憬が漂っていたと考えてよさそうです。その意味では『源氏物語』は道長その人の欲望と交差するテクストだったと言えましょう。

## 光源氏の王権回復

『源氏物語』は全五十四帖の壮大な物語ですが、全体を概観すると、以下のような三部構成と見ることができます（20～21ページ「源氏物語五十四帖」）。第一部は一帖の「桐壺」から三十三帖の「藤裏葉《ふじのうらば》」までで、源氏の出生から位人臣《くらいじんしん》をきわめるまでです。第二部は三十四帖の「若菜上《わかなじょう》」から四十一帖の「幻《まぼろし》」までで、源氏の老いと死が描かれ、それまでの栄耀栄華《えいようえいが》が陰っていくさまが描かれます。第三部は四十二帖の「匂宮《におうみや》」から五十四帖の「夢浮橋《ゆめのうきはし》」までで、源氏の死後、次世代の息子や孫たちが宇治という舞台を中心

# 源氏物語【五十四帖】

**第一部**

| 帖名 | 主な出来事 | 源氏の年齢 |
|---|---|---|
| 一 **桐壺** きりつぼ | 光源氏誕生、元服。葵の上と結婚 | 誕生〜12歳 |
| 二 **帚木** ははきぎ | 雨夜の品定め | 17歳 |
| 三 **空蟬** うつせみ | 人妻・空蟬への恋慕 | 17歳 |
| 四 **夕顔** ゆうがお | 夕顔がもののけに襲われ急死 | 17歳 |
| 五 **若紫** わかむらさき | 若紫（のちの紫の上）と出逢う。藤壺女御との密事。藤壺の懐妊 | 18歳 |
| 六 **末摘花** すえつむはな | 醜女・末摘花と契りを結ぶ | 18〜19歳 |
| 七 **紅葉賀** もみじのが | 源氏が青海波を舞う。藤壺が出産 | 18〜19歳 |
| 八 **花宴** はなのえん | 政敵の娘・朧月夜の君と結ばれる | 20歳 |
| 九 **葵** あおい | 葵の上出産後、死去。紫の上と結婚 | 22〜23歳 |
| 十 **賢木** さかき | 桐壺院死去。藤壺出家。朧月夜との密会発覚 | 23〜25歳 |
| 十一 **花散里** はなちるさと | 心休まる花散里との逢瀬 | 25歳 |
| 十二 **須磨** すま | 源氏の須磨退去。明石の入道と出会う | 26〜27歳 |
| 十三 **明石** あかし | 明石の君と契る。帰京し権大納言になる | 27〜28歳 |

| 帖名 | 主な出来事 | 源氏の年齢 |
|---|---|---|
| 二十九 **行幸** みゆき | 十二月、行幸。翌二月、実父・内大臣と玉鬘の対面 | 36〜37歳 |
| 三十 **藤袴** ふじばかま | 玉鬘が宮仕えをすることになる | 37歳 |
| 三十一 **真木柱** まきばしら | 玉鬘、鬚黒に嫁ぐ | 37〜38歳 |
| 三十二 **梅枝** うめがえ | 明石の姫君の裳着 | 39歳 |
| 三十三 **藤裏葉** ふじのうらば | 夕霧結婚。明石の姫君入内。源氏は准太上天皇に | 39歳 |

**第二部**

| 帖名 | 主な出来事 | 源氏の年齢 |
|---|---|---|
| 三十四 **若菜上** わかなじょう | 源氏四十賀。女三の宮が源氏に嫁ぐ。明石の女御が皇子出産 | 39〜41歳 |
| 三十五 **若菜下** わかなげ | 冷泉帝譲位。女楽開催。紫の上病む。女三の宮が柏木の子を懐妊 | 41〜47歳 |
| 三十六 **柏木** かしわぎ | 女三の宮が薫を出産し出家する。柏木病死 | 48歳 |
| 三十七 **横笛** よこぶえ | 柏木の一周忌を迎え、夕霧は柏木の笛を譲り受ける | 49歳 |
| 三十八 **鈴虫** すずむし | 出家した女三の宮への源氏の未練 | 50歳 |
| 三十九 **夕霧** ゆうぎり | 夕霧は落葉の宮を迎える。雲居雁は実家に帰る | 50歳 |
| 四十 **御法** みのり | 紫の上死去 | 51歳 |
| 四十一 **幻** まぼろし | 源氏が出家を決意する | 52歳 |
| ／ **雲隠** くもがくれ | 帖名のみで文章はない | |

| | | |
|---|---|---|
| 十四 澪標 みおつくし | 冷泉帝即位。明石の姫君誕生。六条御息所死去 | 28〜29歳 |
| 十五 蓬生 よもぎう | 末摘花との再会 | 28〜29歳 |
| 十六 関屋 せきや | 空蝉との偶然の再会 | 29歳 |
| 十七 絵合 えあわせ | 御前絵合で須磨の日記絵の勝利 | 31歳 |
| 十八 松風 まつかぜ | 明石の君上洛 | 31歳 |
| 十九 薄雲 うすぐも | 紫の上が明石の姫君の養母になる。藤壺中宮死去 | 31〜32歳 |
| 二十 朝顔 あさがお | 朝顔の姫君に執心。紫の上の苦悩 | 32歳 |
| 二十一 少女 おとめ | 夕霧元服。源氏の養女が中宮(秋好中宮)に。源氏は太政大臣に。六条院落成 | 33〜35歳 |
| 二十二 玉鬘 たまかづら | 夕顔の娘・玉鬘上洛。源氏の養女になる | 35歳 |
| 二十三 初音 はつね | 六条院の女君たちへの年賀訪問 | 36歳 |
| 二十四 胡蝶 こちょう | 春、美しい玉鬘のお披露目。源氏の下心 | 36歳 |
| 二十五 蛍 ほたる | 五月、蛍宮と玉鬘の逢瀬に蛍を放つ | 36歳 |
| 二十六 常夏 とこなつ | 夏、内大臣は近江の君を引き取る | 36歳 |
| 二十七 篝火 かがりび | 源氏の玉鬘への思いは募る | 36歳 |
| 二十八 野分 のわき | 秋の台風で六条院の庭が荒れる | 36歳 |

| 第三部 帖名 | 主な出来事 |
|---|---|
| 【匂宮三帖】 | |
| 四十二 匂宮 におうみや | 源氏の没後をになう匂宮と薫 |
| 四十三 紅梅 こうばい | 頭中将一家のその後 |
| 四十四 竹河 たけかわ | 髭黒と玉鬘の娘・大君をめぐる男君たち |
| 【宇治十帖】 | |
| 四十五 橋姫 はしひめ | 源氏の異母弟・八の宮を慕う薫は、宇治で出生の秘密を知る |
| 四十六 椎本 しいがもと | 八の宮死去。薫と匂宮は宇治の姫君姉妹に夢中 |
| 四十七 総角 あげまき | 匂宮と結ばれた中の君を案じて大君が病死 |
| 四十八 早蕨 さわらび | 匂宮は中の君を引き取る。薫も中の君に惹かれる |
| 四十九 宿木 やどりぎ | 匂宮と夕霧の娘の結婚。薫は女二の宮と結婚。薫が浮舟に出会う |
| 五十 東屋 あずまや | 匂宮が浮舟に言い寄る。薫は浮舟と結ばれ宇治にかくまう |
| 五十一 浮舟 うきふね | 匂宮は薫を装い浮舟を奪う。浮舟は死を決意する |
| 五十二 蜻蛉 かげろう | 行方不明の浮舟の葬儀と法事 |
| 五十三 手習 てならい | 横川の僧都に助けられた浮舟は出家する |
| 五十四 夢浮橋 ゆめのうきはし | 薫は浮舟に会おうとするが拒絶される |

に繰り広げる物語です。

各部について説明しましょう。

第一部は、一般によく知られている華やかな部分で、構造的にかなり明確なパターンをとっています。23ページの図（「光源氏の王権回復」）にあるように、下降と上昇の放物線カーブを描いています。光源氏がいろいろな不幸な目にあって下り坂になっていき、底にたどり着いたところで反転し、以後、勢力を盛り返していくという形です。

出生からすぐに下り坂です。三歳で母親の桐壺更衣を亡くし、東宮の座には就けず、臣籍に降下されます。やがて最大の後ろ盾であった父の桐壺帝が退位し、異母兄の朱雀帝の御代になります。妻の葵の上が死に、その実家であり政治的な後ろ盾になってくれていた左大臣家の勢力が離れます。桐壺院が死去し、その妃であり光源氏の想い人である藤壺中宮が出家します。こうしてどんどんマイナスが重なっていったところに、朱雀帝に入内《じゅだい》*12予定であった朧月夜の君との密通が発覚し、彼女の姉で朱雀帝の母である弘徽《こき》殿大后《でんのおおきさき》と右大臣家の勢力から睨まれるところとなり、須磨《すま》に謹慎することになります。政治の表舞台から追いやられた格好で、嵐に翻弄されます。ここがいちばんのどん底です。

しかし、その後は反転していきます。まず、夢の告げを受けて明石では、明石《あかし》の入道《にゅうどう》

## 光源氏の王権回復

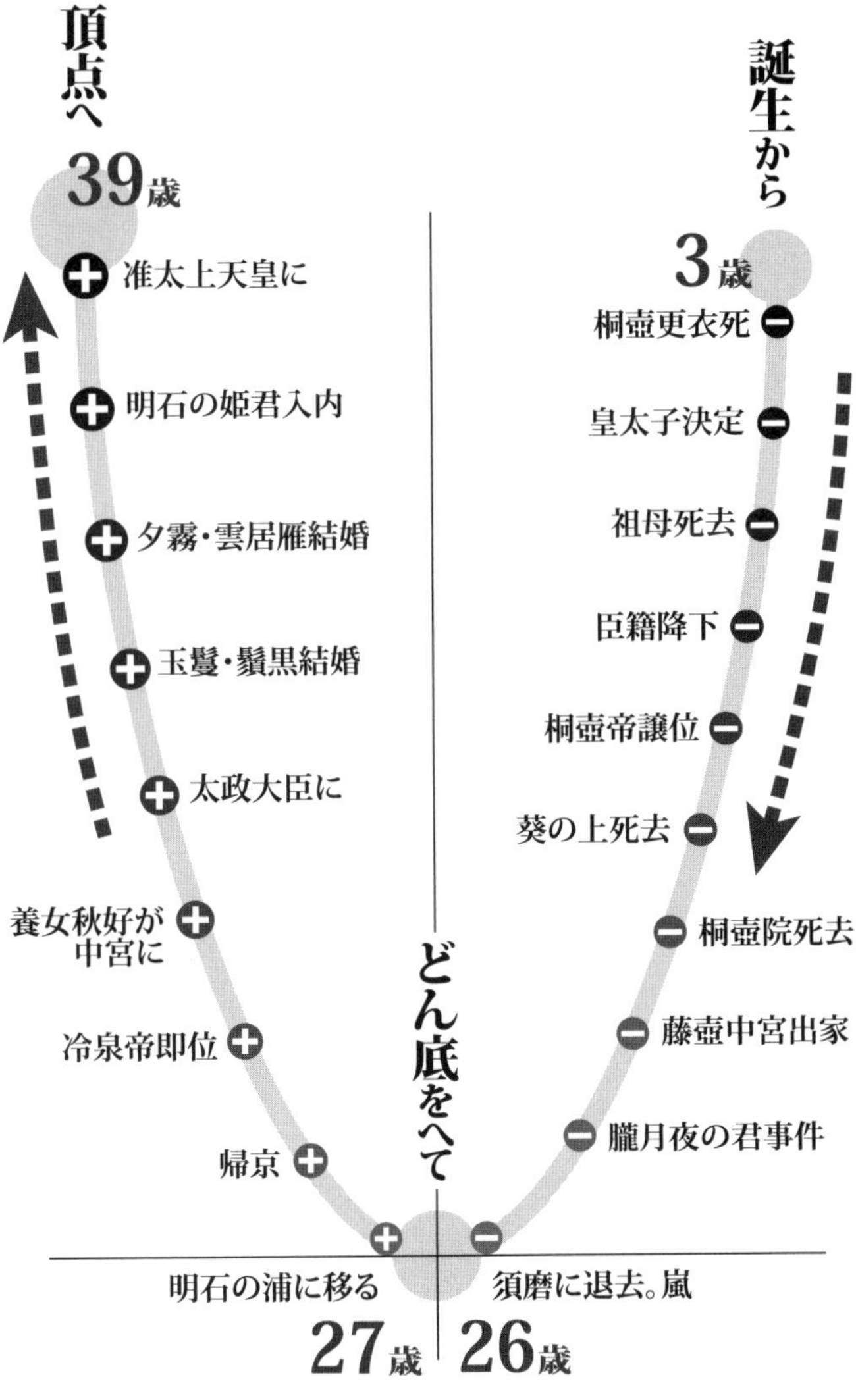
誕生から
3歳
桐壺更衣死
皇太子決定
祖母死去
臣籍降下
桐壺帝譲位
葵の上死去
桐壺院死去
藤壺中宮出家
朧月夜の君事件
須磨に退去。嵐
26歳
どん底をへて
27歳
明石の浦に移る
帰京
冷泉帝即位
養女秋好が
中宮に
太政大臣に
玉鬘・鬚黒結婚
夕霧・雲居雁結婚
明石の姫君入内
准太上天皇に
39歳
頂点へ

という土地の有力者の後ろ盾を得、明石の君と結婚します。続いて、朱雀帝から都への召還の声がかかります。朱雀帝が退位し、光源氏と藤壺の不義の子である冷泉帝が即位します。内大臣となった光源氏は藤壺と協力して政治をほしいままにします。養女にした六条御息所の娘が冷泉帝の中宮となり、光源氏自身も太政大臣《だいじょうだいじん》*13となります。同じく養女とした玉鬘《たまかづら》が有力者である鬚黒《ひげくろ》と結婚し、息子の夕霧《ゆうぎり》も内大臣の娘の雲居雁《くもいのかり》と結婚し、明石の姫君は東宮に入内し、光源氏一家の政権が盤石化していきます。

その結果として、光源氏は晴れて准太上天皇《じゅんだいじょうてんのう》*14まで上りつめます。准太上天皇とは太上天皇に准ずる存在という意味です。ここにようやく「天皇になれなかった皇子」は、「天皇に等しいか、それを超える存在」となったのです。光源氏が実は自分の父親であったことを知った冷泉帝によってなされたはからいでした。

ウラジーミル・プロップ*15というロシアの民話学者によりますと、このように、最初のうちはすべてマイナスが重なり、後半になるとそれが全部プラスに転じてくるという構造は、あらゆる民話にあてはまり、この形に還元できると言われています。有名なロシア童話『イワンの馬鹿』もこのパターンにのっとっていて、主人公のイワンは多くのものを失い、さまよい歩いて、しかし、最終的にはその中からさまざまなものを獲得します。私たちの実際の人生は、何かを得たり失ったりの不規則な繰り返しですが、物語の場合は、このように山と谷の形を単純化して強く押し出すと、骨格がはっきりして読者も納得しやすいかたちとなります。

第二部と第三部については、後の章で改めて述べますので、ここでは大づかみに申し上げることにします。

『源氏物語』は、今述べたような物語のパターンからすれば、一部のみで終わってもよかったのです。しかし、おそらく紫式部は途中から、光源氏が頂点をきわめたらそれで終わりでよいのか、と思い始めたのではないでしょうか。光源氏がのしあがっていく過程で犯した罪の一つ一つを、人生の後半部分でつきつめて考え直させることにしたのです。それが第二部になります。

第一部では操り人形をあやつるように紫式部が物語を動かしていたのですが、登場人物たちがだんだん作者の手を離れ、勝手に動き出してしまった。つまり、放物線のU字型の構造の外に物語が展開していってしまったのが、第二部ではないかと思います。

第三部は、光源氏が亡くなった後の子供や孫たちの物語です。第一部、第二部は光源氏という魅力的な主人公が圧倒していましたが、第三部にはそのような特別扱いの主人公はいません。それ以前の物語が理想化された夢のような世界であったとすると、第三部は現実的で、あまり夢のない世界なのですが、読者から見れば、等身大の人間たちの悩みや苦しみに感情移入できるところが多くあります。

もっとも、第一部、第二部、第三部という区別は後世の研究者がつけたものであって、紫式部本人が三部構成をうたっていたわけではありません。第三部はともかく、第一部と第二部の区切りは、紫式部の当時にはついていませんでした。しかし、「若菜」以降、明らかに違う主題の物語が再スタートしているので、後に別々のパートとして扱われるようになったのです。

## 『源氏物語』を書くきっかけ

続いて、作者の紫式部について見ていきましょう。

生まれたのは天禄元年（九七〇）から天元元年（九七八）の間とされ、少なくとも寛仁三年（一〇一九）までは存命であったといわれています。生年、没年ともに諸説あり、当時の女性の常で不明な点が少なくありません。

紫式部の父は藤原為時《ふじわらのためとき》*16で、漢文学の学者として著名でした。母親は若くして亡くなったらしく、式部は父親のもとで育つことになりました。これは非常に珍しい例で、このような場合、女の子は母方の実家に引き取られることが多いのです。しかし、彼女は男手で育てられ、このことが紫式部の人となりにも作品世界にも大きく影響することになりました。

紫式部は父親の為時に、その才能を評価されたようです。『紫式部日記』[*17]によりますと、為時が弟に勉強を教えていると、隣で聞いている姉の紫式部のほうが先に理解してしまったそうです。当時の女性は漢籍などに通じているべきではないとされていて、漢文の本には近よらなかったのですが、為時は娘の常ならぬ才能を見てとり、「おまえが男だったらよかったのに」などということを口癖にしていたと『紫式部日記』にあります。

藤原道長の日記によると、為時という人は人間としてはかなり偏屈で、社交のようなことはまったく苦手だったそうです。その点は紫式部も受け継いでいて、周囲とのコミュニケーションはあまり上手でなかったようです。『紫式部日記』には人間関係の苦労がかなり書き込まれています。

やがて、紫式部は二十代の終わりで、かなり年の離れた藤原宣孝《のぶたか》[*18]の妻になります。だらしない所もあって問題はあったものの、なかなか魅力的な男性だったと伝えられていますが、夫婦生活はあまり長くはなく、二年と少し、最初の子供（後の大弐三位《だいにのさんみ》）が生まれた頃、宣孝は疫病で亡くなりました。

『源氏物語』は夫の死を一つの契機として書き始められたともいわれているのですが、

宣孝には他にも有力な妻がおり、夫の死を看取ることができなかった悲しい思いが、『源氏物語』の最初のほうの、桐壺更衣の死の場面などに生かされているように思います。

当時、紫式部には文学好きの友人がいたらしく、さびしい未亡人生活の中で物語を書いては交換し、読んでは批評しあって、無聊《ぶりょう》を慰めていたようです。そのやりとりを繰り返していく中で、やがて「『源氏物語』は面白い」ということで、口づてで評判が広まります。かなりの分量（全体の半分程度か）書き進んだ段階で、式部のまれな才能を聞きつけた時の権力者・藤原道長が、自分の娘、一条天皇[*19]中宮の彰子[*20]に女房として宮仕えさせるべくスカウトしてきました。これは紫式部にとっては不本意なことだったようですが、父や弟の出世と引きかえに宮仕えを強要されたと考えられます。

## 光る君の「光」とは何か

紫式部は寛弘《かんこう》二年（一〇〇五）に宮仕えをすることになるまで、本物の宮中というものを知りません。『源氏物語』の初めのほうの帖は写実ではなく、文献による知識と空想によって構築されたのです。『源氏物語』には、絢爛《けんらん》たる年中行事や、内裏《だいり》の内部や、調度や装束、持ちものなどのことが細々《こまごま》と丁寧に書かれていますが、それは現実を模倣したのではなく、父親から教えられた耳学問と書物から得た知識を合わせたものだったのです。

そもそも、紫式部が宮仕えに出た頃、平安京の正式の内裏は火事によって焼失していたのです。当時の都では火災が相次ぎ、焼けるたびに莫大な国費を傾けて内裏は再建されたのですが、その都度焼失し、あまりにも度重なったため再建する気力もなくなり、代わりに一条院という貴族の邸宅を買い上げて、これを里内裏（臨時の内裏）として使うことが慣例化しました。一条院にいつも住んでいたので、この時の天皇を一条天皇と呼んだのです。

そのような仮の御所しか知らないはずの紫式部が、あたかも本物の内裏を目にしたかのように描き上げたのが『源氏物語』です。学識と洞察とによって、現実以上の「現実」を築き上げたのは、紫式部の力業だったといえます。

『源氏物語』を音読するのを聞いた一条天皇が、「この作者は日本紀《にほんぎ》*21を読んでいるに違いない」と感心したというエピソードがあります。その結果、紫式部は「日本紀の御《み》局《つぼね》」というありがたくないあだ名をつけられたということが『日記』に記されています。当時の女性は漢文などを学んではいけなかったのですが、紫式部は父仕込みで漢詩や中国の歴史書、日本の歴史書などに造詣が深く、それらに裏打ちされた知識が物語の随所にちりばめられています。

光源氏の人物造形も先行の物語の影響下にあります。光源氏は『伊勢物語』[22]の主人公とされる在原業平《ありわらのなりひら》をモデルとしているとよくいわれますが、たしかに天皇の血を濃く継承した貴公子が帝の妃や斎宮と関係を持ち、許されぬ恋に身をやつす、という点は共通しています。禁断の恋に生きる貴公子の物語を『伊勢物語』よりもはるかに写実的に、歴史そのものとして描いていった所に『源氏物語』の衝撃力があったのです。

それに加えて、光源氏は「光る君」と呼ばれ、その光り輝く容姿を賞讃されます。

**なほにほはしさはたとへむ方《かた》なく、うつくしげなるを、世の人光る君と聞こゆ。**（「桐壺」）

と、物語では「光」を人びとの付けたあだ名として説明していますが、これにも先行の作品の影響があります。

『万葉集』では「高光る日の御子」「高照らす日の御子」というほめ言葉が使われますが、その使われる対象は草壁皇子[23]、高市皇子[24]など、皇太子のまま亡くなってしまった聖なる皇子たちでした。本来なら、光り輝く天皇になれたはずの皇子たちの「光」がそうはならなかったせいでことさら強調されたのです。その意味では、光源氏も当然天皇になれるはずなのになれなかったという文脈を帯びています。

また、とりわけ注目すべきなのは、「天皇になってもおかしくない」という予言です。日本最古の漢詩集である『懐風藻《かいふうそう》』*25の中に出てくる、大友皇子*26と大津皇子*27の伝記にはいずれもこの予言が伝えられています。大友皇子は天智天皇の皇子で、壬申の乱で大海人皇子（天武天皇）に敗れて自死した人ですが、「眼中精耀《がんちゅうせいえう》、顧眄煒燁《こべんゐえふ》」、目がキラキラしていて輝きがあり、振り向いたときの光が素晴らしかったとあります。その大友皇子の人相を見て、唐の使節がこう予言します。

唐使劉特高《たうしりうとくかう》、見て異《あや》しびて曰《い》はく、「此の皇子《みこ》、風骨世間《ふうこつせけん》の人に似《に》ず、実《まこと》に此の国の分《ぶん》に非《あら》ず」といふ。（『懐風藻』）

「この皇子は並の人でないので、この国の人としては出来すぎです」と。

これは、『源氏物語』の「桐壺」に出てくる、幼少の光源氏が、高麗《こま》の人相見に「あなたは天皇になるべき才能を備えた人だ、でもそうなると、国が乱れるかもしれない」と言われたくだりと非常によく似ています。

**国の親となりて、帝王の上《かみ》なき位《くらゐ》にのぼるべき相《さう》おはします人の、そなたにて見れば、乱れ憂《うれ》ふることやあらむ。朝廷《おほやけ》のかためとなりて、天《あめ》の下《した》を輔《たす》くる方《かた》にて見れば、またその相違《さうたが》ふべし。**（「桐壺」）

紫式部は明らかに『懐風藻』の記述をベースとして、光源氏の人物像を造形しています。

大津皇子もまた、謀反の疑いありとして持統天皇に処刑されてしまった悲運の皇子ですが、キャラクターが光源氏に似通っています。大津皇子は幼い頃から才気煥発で学問が非常によくでき、「幼年《えうねん》にして学《がく》を好み、博覧《はくらん》にして能《よ》く文《ぶん》を属《つづ》る」とあります。しかし、「性頗《すこぶ》る放蕩《はうたう》にして、法度《はつと》に拘《かかは》らず、節《せつ》を降《くだ》して士《し》を礼《うやま》ひたまふ」。すなわち、規則にとらわれず自分のやりたいようにやるところがあり、それでいて、尊敬すべき相手には謙遜することも知っていた、といいます。そこで、新羅《しらぎ》の僧が次のように言いました。

太子の骨法《こつぱふ》、是《こ》れ人臣《じんしん》の相《さう》にあらず、此《こ》れを以《も》ちて久しく下位《かゐ》に在らば、恐るらくは

## 身を全《また》くせざらむ（『懐風藻』）

「あなたの人相は臣下の人相ではない。臣下に長くいると身をまっとうできないでしょう」と。つまり、天皇になるべき相なのに、長く臣下にいると政敵に恐れられて、除かれてしまう恐れがあるというのです。

もう一人、光源氏に似ている皇子がいます。聖徳太子[*28]です。聖徳太子は十二歳のとき、身分を悟られぬようぼろぼろに身をやつして百済《くだら》の僧・日羅《にちら》のもとに出かけていきました。すると、日羅は常ならぬ人であることをすぐ見抜き、「この人は神のような人だ」と言い当てました。聖徳太子も光り輝いていたといいます。

この三人はいずれも、①外国の人相見にその「異相」を発見されたこと、②不吉な要素もあわせて予言されたこと、③天皇にはなれなかったが、天皇をしのぐ才の持ち主であったこと、などが共通しています。『源氏物語』の光源氏像は、こうした天皇になれなかった皇子たちのイメージを受け継ぎ、重ね合わせるように造形されています。天皇をも超えた存在であることが、あやしく光り輝く皇子の容貌に刻印され、その超越性とあやうさが同時に示唆されているのです。

## 美しくも危険な物語

　冒頭で、『源氏物語』は光源氏という主人公が、みずからのコンプレックスに関わるところで繰り広げた禁断の恋の物語だと言いました。天皇になれなかった皇子が、父帝の妃と密通し、生まれた子供が次の天皇になる。創作とはいえ、これは当時の天皇家の内幕を暴露するような内容であり、挑戦的で危険な物語といってもいいのではないでしょうか。現代の感覚からしても憚《はばか》られる設定です。

　天皇家の長い歴史の中では、あの帝は密通でできた子ではないかなどと噂されることもあったかもしれませんが、表立って取り沙汰されることはありませんでした。ＤＮＡ鑑定をするわけではありませんし、疑惑がささやかれても証拠がない。そうである以上はわからないこととして微温的にやりすごすのが、日本の歴史記述の伝統的なあり方だったのです。

　では、なぜ紫式部はそれを踏み外して物語を書いたのでしょうか。式部は日本以外の、たとえば『史記』[*29]や「長恨歌《ちょうごんか》」[*30]のような中国の壮大な歴史物語をたくさん読んでいました。中国の歴史は、日本の歴史のようにきれいごとだけで終わらせず、歴史と密通、人間の愛憎といったものを大胆に結び合わせて描きます。前の王朝をクールに批判して、彼らはなぜ滅んだのか、こういうことがあったから滅んだのだ、と埋もれていた真実を冷徹に引きずり出してきます。天皇家の皇統が一貫して続いて来、それゆえに歴史叙述に手心を加えざるを得ない日本の歴史とは大違いでした。『源氏物語』は、そうした中国の歴史に魅せられ、そそのかされて、日本の皇統においても、「皇統の乱れ」はあったのだ、隠蔽されただけなのだと主張するものになっているのです。

『源氏物語』は、それまでの物語とは一線を画す野心的で挑戦的な作品でした。

それまでの「物語」は、あくまでも女子供の読みものとあなどられてきました。『竹取物語』[*31]も『うつほ物語』[*32]も『落窪物語』[*33]も、読者のレベルは高くないのだから、噛んで含めるように書いてやらなければ理解できないだろうといった上から目線の語り口でした。

これに対して、『源氏物語』は読者を対等に考え、その読者に判断をゆだねる書き方をしています。そのすべてをあからさまには語らないというスタイルで読者に想像させます。直言が憚られる内容ということもありますが、肝心なことは語らず、読者の読みと推測にゆだねるという、高度な書き方をしています。

また、先ほども述べたように、紫式部は父親に仕込まれて漢文の「男性の文学」を読み抜いていたので、物を見る目、考える目がかなり男性的です。彼女は女性ですが、自分には許されなかったことを、男である主人公の光源氏に仮託《かたく》して書いていたのではないでしょうか。

それだけに、紫式部にとって嬉しかったのは、男性の読者がついたことではなかったかと想像できます。『紫式部日記』を読むと、男性読者として、時の帝である一条天皇と、当代一の教養人とうたわれた藤原公任《きんとう》*34と、時の最高権力者である藤原道長の三人が『源氏物語』を読んだ人物として出てきます。これら最高位の人びとを含めた男性読者を相手取って書くことが、『源氏物語』において、とりわけ大事なことと意識されていたのです。

## フィクションを隠れ蓑にして

『源氏物語』は、たんに色好みの男の恋のさやあてを書いたものではありません。宮中によくある噂話を書いたのでもありません。日本の古代からの伝承や記録に取材しつつ、また中国の歴史物語のスタイルにのっとりつつ、一つの恋愛がその裏側でもっと大きな国家の政治につながり、がんじがらめに人を縛っていくという大スキャンダルを描こうとしたのです。

だからといって、これが実際にあったことを諷刺《ふうし》しているなどと思われてしまうと、同時代に生きる紫式部には立つ瀬がありません。「いつの時代のことだったかしら、こんなことがありました」と断っておぼめかしておいて、一種の「時代小説」として書き始めたのです。

**いづれの御時《おほむとき》にか、女御《にようご》、更衣《かうい》あまたさぶらひたまひける中《なか》に、いとやむごとなき際《きは》にはあらぬが、すぐれて時めきたまふありけり。**（「桐壺」）

有名な冒頭の部分です。「いづれの御時にか」という問いかけは、読者それぞれがあてはまる時代を考えてみてほしいという呼びかけでもあります。天皇にたくさんの女御、妃がいるというのは、どのような時代なのか。にもかかわらず、中宮はいないとはどういうことなのか。天皇は何歳くらいなのか。天皇はどのような天皇なのか。作者が説明することなく、読者が考えていくことを要請するような、読者参加型の冒頭なのです。

それでは、この冒頭はどのような時代を表しているでしょうか。桓武二十七名、嵯峨二十九名、清和二十六名、光孝二十名、醍醐十九名など多くの妃を抱えた天皇は何人かいますが、『河海抄《かかいしよう》』[*35]にも指摘されたように、さまざまな天皇の中でも『源氏物語』が一番にモデルにしたのは『源氏物語』よりも百年くらい前の醍醐天皇の時代です。

平安時代の天皇にはすべてたくさんの夫人がいたと思ってしまいがちですが、必ずしもそうではなく、中宮定子《ていし》は父関白・藤原道隆《みちたか》在世中は一条天皇のたった一人の妃でした。一般に政権が安定していればそう多くの皇子・皇女は必要なく、かえって継承争いを起こしかねないのですが、前の天皇を退位に追いこんで即位した醍醐天皇の場合は、新しい天皇の政権を安定させるために皇子・皇女が必要だったのです。

平安時代は藤原摂関家の力が強く、多くの天皇は彼らに圧倒されていました。古代日本の天皇制は、それほど盤石なシステムではなく、むしろ妃の実家の貴族たちとの共同体によって成り立っている世界だったのです。醍醐天皇はそれをよしとせず、みずから主導権を持ちたいと思いました。そのために、多くの有力者からまんべんなく妻を迎え、藤原摂関家のみに権勢が集中しないようにしたのです。これが「女御、更衣あまたさぶらひたまひける」という表現の由来です。したがって、妃が多い天皇の時代は、突出して有力な外戚[*36]がいなかった時代、ということになります。

そうであるためには、外戚のバランスが崩れないように、多くの妃にまんべんなく愛を注がなければなりません。ところが、『源氏物語』の桐壺帝は、そこを逸脱し、あまり身分の高くない桐壺更衣一人に入れ込んでしまったのです。桐壺更衣は他の妃、とりわけ勢いの盛んだった弘徽殿女御や、後涼殿《こうろうでん》更衣に睨まれ、いびり殺されるような羽目になったのです。

このような、天皇が一人の妃を愛したために大問題となった事件にも、モデルらしきものがありました。一条天皇の一代前に起こった花山《かざん》天皇退位の事件です。*37 花山帝にも複数の妃がいたのですが、一人の妃だけに耽溺《たんでき》し、その妃が亡くなってからは政治を放棄し、外戚たちの支持を失って、在位たった二年で廃位に追い込まれてしまいました。

ちなみに、古代中国ではこのような現象は起こりませんでした。皇帝の力が絶対的に強く、皇帝がどの妃を寵愛しても、他の妃やその実家が寵を受けている妃に嫉妬《しっと》したり、意地悪したりすることは許されなかったからです。皇后の場合でもいったん皇帝の愛を失えば、皇帝によって追放されたり、殺されました。北京日本学研究センターの張龍妹教授によると、前漢の時代には、十四人の皇帝の三十二人の皇后のうち十九人が幽閉、廃后、あるいは殺害されたそうです。後漢の時代には、十四人の皇帝の二十九人の皇后のうち十七人が幽閉、廃后または殺害されているそうです。

それに比べれば日本の天皇ははるかに弱腰で、あちらを気にし、こちらを気にしながら勢力のバランスに気を配っています。中国と違って天皇の力が絶対でなく、外戚の力を借りて成り立っている日本の場合は、感情の赴くままに特定の夫人を偏愛するのは御《ご》法度《はっと》でした。

その法度を冒した桐壺帝は、遺された皇子の処遇については、二度とそうした危機を招き寄せないよう努力します。桐壺帝が愛する桐壺更衣の息子である光源氏をあえて臣籍に落としたのは、悪くすると命に関わるような政争に巻き込まれないために、あえてとった措置だったのではないかと考えられます。物語はそのあたりの帝の真意については何も記していませんが、そのような危険に身をさらすよりも、臣下として生きる道を選ぶほうが幸福だろうと親心に思ったのではないでしょうか。

けれども、光源氏本人は、父のはからいをどう受け取ったでしょうか。若い皇子からすれば、帝位につく可能性を摘み取られた理不尽さばかりが肥大して感じられたかもしれません。そこで、差別された不満のはけ口として、あるいは満たされない心を満たすものとして、危険な綱渡りのような恋を求めたのではないかと考えられます。帝であることが、有力な女性をすべて集めて愛するということにあるとするならば、天皇になれない皇子である光源氏はせめて愛情の面だけでも帝をしのごうとするのです。光源氏の愛は帝に張り合うような思いに貫かれています。

藤壺だけでなく、朧月夜の君への愛も、彼女が朱雀帝の入内予定の姫であることによって、さらに深入りしていきます。朝顔の斎院への長い長い片思いも、彼女が斎院という天皇家の聖なる巫女《みこ》だったことと深く関わっているでしょう。光源氏は天皇にかかわる禁忌の女性にとくにかかずらわってしまう傾向があるのです。

このように秘密の綱渡りが多いため、光源氏という人の恋には、いきおい、世間の目をあざむく緊張感が漂い、ぞくぞくするような雰囲気が醸《かも》し出されているのです。

光源氏の恋愛は、ただの情事《ラブ・アフェア》ではなく、彼の心の暗いコンプレックスに根ざすものでした。それが同時に天皇家にまつわる秘密につながり、彼の権力獲得につながるという具合に、あらゆる事象がつながっていく。そこにこそ、『源氏物語』の恋愛の深くて暗い魅力があるのです。本章では『源氏物語』が生まれた背景を見てきましたが、次章からは具体的に登場人物やストーリーに言及していきたいと思います。

**＊1　光源氏**

「光」は光り輝くような、という賛美する語、「源氏」は「源」を姓とする一族を示す。『源氏物語』の登場人物は、光源氏をはじめ実名はない。

**＊2　カサノヴァ**

一七二五〜九八。ヴェネチアの作家。破天荒な女性遍歴で知られ、生涯に千人の女性と関係があったという。

**＊3　ドン・ファン**

スペインの伝説上の人物で、女たちを誘惑しては捨てていく貴族の名。転じて「女たらし」を指す。モーツァルトの歌劇「ドン・ジョバンニ」はこの伝説から生まれた。

**＊4　御息所**

平安中期では天皇の寝所に仕える宮女で皇子・皇女を出産した女性に用いられた。女御、更衣、皇太子妃、さらに親王妃も御息所と呼ぶことがある。

**＊5　東宮**

元来は「皇太子の住まい」の意だが、転じて「皇太子その人」をいう場合が多い。春の方角が東であるところから「春宮」とも書く。

**＊6　斎院**

賀茂神社に奉仕する未婚の皇女。伊勢神宮に奉仕する皇女（斎宮）と共に天皇制を支えるもっとも高貴な皇女である。

**＊7　嵯峨天皇**

七八六〜八四二。平安前期の天皇。桓武天皇の子。「薬子《くすこ》の乱」を収め、平安京の時代を築く。一方で唐風の文化を好んで取り入れた。多くの妻と子供を持ち、子供の多くを臣籍降下させて「源」姓を与えたのが源氏の始まりとなった。

**＊8　醍醐天皇**

八八五～九三〇。平安前期の天皇。宇多天皇の第一皇子。『古今和歌集』を勅撰。天皇親政を行ないその治世は「延喜の治」として理想化された。

**＊9　摂関家**

摂政・関白に任ぜられる家柄。藤原一族の北家、とくに初代摂政の良房の子孫に限られた。紫式部は北家の傍流の出身。

**＊10　中宮、女御、更衣**

平安時代の后妃には位階があり、正妻の皇后・中宮が最高位で、次いで女御、更衣の順になる。中宮とは、奈良時代には太皇太后・皇太后・皇后の三宮（三后）の総称だったが、一条天皇の世になると原則が崩され、藤原道長が娘・彰子を皇后（定子）とは別に中宮とした。このため、先に立てられた皇后を「皇后」とし、同格で新立の皇后を「中宮」と呼んだ。女御は大臣・宮家など上流階級の娘から選ばれ、その中から中宮が選ばれることが慣例。更衣は主として大納言・中納言・宰相などの娘である。

**＊11　藤原道長**

九六六～一〇二七。藤原兼家の五男。甥の藤原伊周らを退けて右大臣・氏長者となり、内覧まで上りつめる。その後、長男・頼通に位を譲り、表向きは引退するも、政治の実権は握り続け、摂関政治の頂点に長く君臨した。その間、長女・彰子をはじめとする三人の娘を次々と天皇の中宮にし、みずから外祖父として天皇政治を後見した。

**＊12　入内**

帝の后妃として後宮（宮中の後方にある皇后や妃が住む御殿）に入ることを入内という。上流貴族は政略的に娘の姫君を入内させ、外戚としての権力をふるおうとした。

**＊13 太政大臣**
宮中に出仕して国政にあたる太政官の最高位。位の高いほうから太政大臣（必要時のみ置かれた）→左大臣→右大臣となる。

**＊14 准太上天皇**
譲位した天皇を太上天皇（略して上皇）という。これに対して、光源氏は自らは即位しなかったが、太上天皇に准じると認められて太上天皇の尊号を贈られたもの。

**＊15 ウラジーミル・プロップ**
一八九五〜一九七〇。ロシアの民話学者、フォルマリスムの研究者。一九二八年に『民話の形態学』を著し、民話は筋が異なり多様に見えるが、基本的に構造は同じであると結論づけた。

**＊16 藤原為時**
九四九？〜一〇二九？ 藤原北家の出身。花山天皇のもとで副侍読などを務めるが、花山天皇の退位で失脚。その後は受領として越前守や越後守に任ぜられる。漢文の才があり、宮廷詩人として活躍。『本朝麗藻』や『類聚句題抄』に二十五首の漢詩が収められる。

**＊17 『紫式部日記』**
紫式部が中宮彰子に宮仕えした間に書き留めたもの。宮廷の諸行事、出産、人物などが鋭い観察眼で書かれている。

**＊18 藤原宣孝**
？〜一〇〇一。藤原北家の傍流で、紫式部の遠縁にあたる。父為輔は正三位権中納言に就いているので、紫式部の家より家格は高い。受領として山城・筑前・備中・備後・周防守を歴任。式部と結婚した頃にはすでに四十七、八歳で、右衛門府（宮城警備の役所）の権佐だった。豪放磊落かつ派手好きな人柄で、神楽の人長（神楽人の長）を務める芸達者でもあった。

**＊19　一条天皇**
九八〇～一〇一一。円融天皇の第一皇子。母は藤原兼家の娘で道長の姉・詮子。花山天皇の出家退位により即位。

**＊20　彰子**
九八八～一〇七四。道長の長女で、一条天皇の中宮。九九九年に入内し、翌年中宮となる。のちに後一条天皇、後朱雀天皇となる二人の皇子を産み、道長家に栄華をもたらした。

**＊21　日本紀**
『日本書紀』をはじめとする漢文で書かれた史書（六国史）『続日本紀』『日本後紀』『続日本後紀』『文徳天皇実録』『三代実録』を指す。

**＊22　『伊勢物語』**
平安前期の歌物語。作者不詳。歌を中心とした百二十五の説話は、歌人・在原業平らしき容姿端麗で情熱的な人物の一代記になっている。

**＊23　草壁皇子**
六六二～六八九。天武天皇の嫡男。日並知皇子ともいう。六八一年に皇太子に立ったが、即位せずに亡くなる。

**＊24　高市皇子**
六五四～六九六。天武天皇の長子。草壁皇子とは異母兄弟。壬申の乱で天武天皇に代わって軍を指揮。草壁皇子の死後、太政大臣となり持統天皇を支えた。

**＊25　『懐風藻』**
現存日本最古の漢詩集。天智天皇時代から奈良時代にかけて六十四人による百二十編の詩をまとめたもの。

**＊26　大友皇子**
六四八～六七二。天智天皇の第一皇子。六七一

年太政大臣になり、翌年壬申の乱に敗れ自殺。『日本書紀』には皇子の即位の記述がなく、明治時代になって弘文天皇とされた。

**＊27　大津皇子**
六六三〜六八六。天武天皇の皇子。草壁・高市皇子とは異母兄弟。天武天皇の死後、息子の草壁皇子を天皇にしたかった持統天皇により謀反の名目で処刑された。

**＊28　聖徳太子**
五七四〜六二二。本名は厩戸《うまやど》皇子。飛鳥時代の用命天皇の皇子。推古天皇の時代に摂政として冠位十二階・憲法十七条を制定したといわれているが、伝説である。小野妹子らを遣隋使として派遣。仏教を基調とする政治を行った。

**＊29　『史記』**
前漢の司馬遷（前一四五頃〜?）が書いた全百三十巻の歴史書。二千数百年の中国の歴史を記している。紀元前九一年頃に完成。

**＊30　「長恨歌」**
唐の玄宗皇帝（六八五〜七六二）と楊貴妃の出会い、安禄山の乱を避けて逃避する軍のために楊貴妃を殺害せざるを得なかった悲劇的な死別、その後の玄宗の長恨（いつまでも尽きることのない恋の恨み）を歌った七言、百二十句からなる長詩。中唐の詩人・白居易（白楽天、七七二〜八四六）の作。

**＊31　『竹取物語』**
日本最古といわれる平安初期の物語。作者不詳。『竹取翁の物語』『かぐや姫の物語』ともいう。羽衣伝説などいくつかの民話がベースになっている。

**＊32　『うつほ物語』**
平安中期の物語。作者不詳。四代にわたる琴の

秘曲の伝授を中心に、貴宮という姫君をめぐる求婚や政争の物語を交錯させている。二十巻。

**＊33 『落窪物語』**
平安中期の物語。作者不詳。継母によって落窪の間に住まわされていた姫君が左近少将に救出され、結ばれて幸福になる。継子いじめ物語。四巻。

**＊34 藤原公任**
九六六〜一〇四一。平安中期の歌人。諸学諸芸にすぐれ、漢詩・和歌・管弦の「三舟の才」を備えた教養人であったとされる。『紫式部日記』に、寛弘五年（一〇〇八）十一月一日、公任が「このあたりに若紫（＝紫式部を指す）さんはいらっしゃいますか」と呼びかけたという記述がある。

**＊35 河海抄**
室町時代前期、将軍足利義詮の命によって作成されたとされる『源氏物語』の最も優れた注釈書。歴史関係の記事と物語の照応関係を鋭く指摘する。四辻善成によって書かれた。全二十巻。

**＊36 外戚**
天皇の妃または母親の一族。娘を天皇の后妃にし、産んだ皇子を天皇に立てることによって天皇の外祖父・伯父・叔父となる。そのことを通じて一族の政治力を強化するのが、古来有力貴族がとってきた方法で、外戚政治という。その典型が藤原氏。

**＊37 花山天皇**
九六八〜一〇〇八。平安中期の天皇。冷泉天皇の第一皇子。寵愛した弘徽殿女御の死にあい、悲しみのあまり政治を放棄して花山寺に入り出家。その後に一条天皇が即位。芸術に優れ、『拾遺和歌抄』の撰に関わったとされる。

# 第2章——あきらめる女、あきらめない女

## 光源氏と女君たちとの関係図式

みなさんもご存じのように、『源氏物語』にはたくさんの女性たちが登場します。光源氏も魅力的ですが、彼女たちもそれぞれに魅力的で、『源氏物語』という長編物語を輝かせていることはいうまでもありません。

『源氏物語』のヒロインには、大きく分けると二つのパターンがあって、一つは短編的に登場する女性たちです。夕顔や空蟬や末摘花《すえつむはな》など、主に初めの頃の帖に、一帖に一人読み切りという感じで出てきます。もう一つは、長期にわたって登場し続ける女性たちで、紫の上《むらさきのうえ》や明石の君などがそうです。短編的な女性たちは、はかない存在ということもあるのでしょう、個性が際立っていてとても印象的です。しかし、長く登場し続ける女性たちは、お互いに似ていることが示唆されるように、個性的とは言いがたい性格を持っています。よりあいまいなイメージがあるのです。彼女たちの場合は、時間とともに変化していく様子――人間として成長していったり、最初のイメージからだんだんずれてくる様子など――が描かれていて、人物としてより厚みを感じさせます。

ここで『源氏物語』の登場女性たちと光源氏の関係図を示しますと、53ページの上図（「車軸構造」）のように見ることができます。放射状の中心に光源氏がいて、そのまわりに女性たちが配されています。女性たちそれぞれと光源氏の関係は描かれますが、女性同士のかかわりはあまり描かれません。当時の女性はそれぞれの邸に住んでいましたから、相互的な関係はなかったのです。

光源氏を取り巻く女性たちには大きな特徴があります。一つは「形代《かたしろ》関係」[*1]で、もう一つは「母娘関係」が多く見られることです。

「形代関係」の代表は、桐壺更衣、藤壺中宮、紫の上とつながる、いわゆる「紫のゆかり」[*2]といわれるものです。そもそも源氏が藤壺という義母に恋慕したのは、幼くして失った恋しい母の代償という意味があったでしょう。その後、まだ少女の紫の上を引きとり、妻としますが、これは彼女が藤壺の姪《めい》であり、藤壺に生き映しだったからです。さらに、その後、女三《おんなさん》の宮《みや》という内親王を迎えますが、源氏が彼女に心を動かされたのは、やはり彼女が藤壺の姪であったからです（83ページ系図「女三の宮」）。源氏はさまざまなタイプの女性を好きになっているように見えますが、結局は藤壺、あるいはさらに原型である母・桐壺更衣一人を慕っていたのではないか、といった解釈も成り立ってきます。

一方の「母娘関係」を見てみましょう。光源氏が愛した六条御息所には美しい娘（後の秋好中宮《あきこのむちゅうぐう》）がいて、源氏は娘にも心惹かれていますが、母娘両方と関係するわけにはいかないということで、自分の「息子」の冷泉帝に嫁がせます。あるいは、夕顔の娘の玉鬘もそうです。こちらもさすがに一線は越えませんが、夕顔亡き後に美しく成長した玉鬘にずいぶん執着して、かなり危ういところまでいきました。また、明石の君と明石の姫君は、二代にわたって第一部から第三部まで登場し続け、物語の中で重要な役割を持つ母娘です。

「形代関係」「母娘関係」を図式化すると、53ページの下図（「らせん構造」）のような構造で示すことができます。光源氏という人を一本の軸として、時間の進行にあわせて縦に伸ばしていくと、その軸上に女性たちが現れます。藤壺は桐壺更衣の形代、紫の上（若紫）は藤壺の形代、玉鬘は夕顔と母娘……と関係を線で結んでいくと、生物学の「二重らせん構造」のようになります。このように、時には一時のはかない存在として、時にはもつれながら果てしなくつながるDNAのような存在として多くの女性が織り紡《つむ》がれ、全体として厚みのある物語が成立しているのです。

ここでは、その女性たちの中からとくに長い期間にわたって影響を与え続ける三人の女君——六条御息所、紫の上、明石の君を取り上げてみたいと思います。

## 光源氏と女君たちの構造

車軸構造

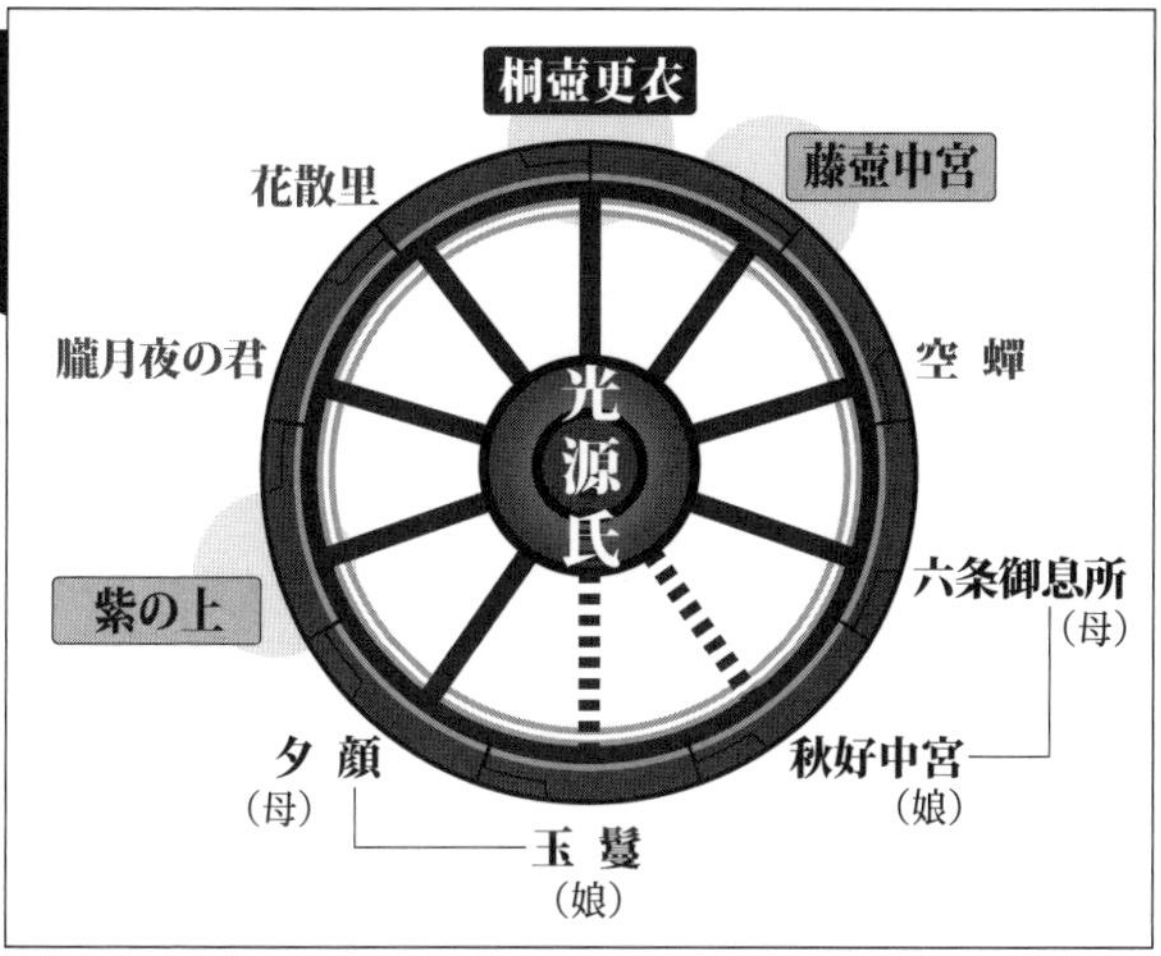


らせん構造

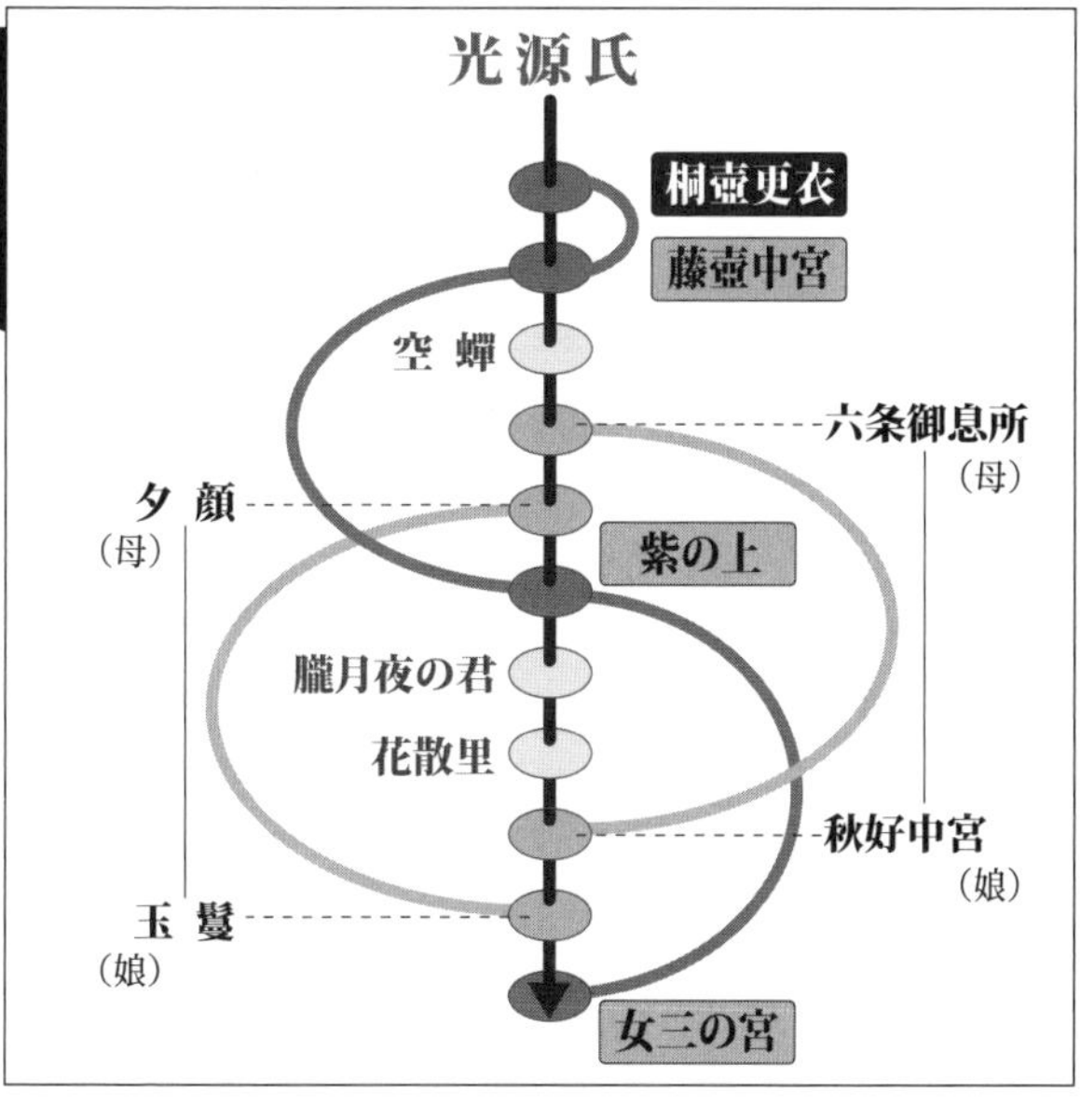

## 光源氏の暗部を映す六条御息所

まずは、六条御息所です（55ページ系図「六条御息所」）。彼女は一般に、非常に気位が高く、嫉妬深くて恐ろしい女とイメージされているようですが、紫式部が描いた六条御息所は、必ずしもそうではありません。抑制心が強く、美意識が高く、繊細で傷つきやすい存在でした。

六条御息所は、亡くなった東宮の妃でした。大臣の娘で身分が高く、教養があって歌も上手く、筆跡が見事で、美貌に恵まれ、経済的にも豊かという申し分のない女性です。年齢は光源氏よりも七歳年上。十六歳で東宮に嫁ぎ、娘を産みますが、東宮は即位することなくこの世を去り、二十歳にして未亡人となります。

物語では、光源氏との出会いについては語られておらず、あまり熱心ではない源氏への恋慕を募らせる御息所の苦悶が語られるところから始まります。葵の上は、源氏の父帝と左大臣が決めた政略結婚の相手でしたが、だからといって、六条御息所が完全な日蔭者（愛人）であったわけではありません。生まれからしても世間の評判からいっても、二人はほぼ同格です。彼女たちの明暗を分けたのは、どちらが先に光源氏の子を産むか、でした。いつまでもよそよそしい葵の上と光源氏との仲は順調ではなかったので、もし六条御息所に先に子供ができていたら、御息所が正妻になっていた可能性もあったでしょう。ところが、結婚十年にして葵の上が懐妊。これによって六条御息所の立場は一気に揺らいでしまうのです。

六条御息所にしてみれば、自分は前の東宮の未亡人で年上ではあるけれど、源氏となら一緒になって、子供を産んで、安定した関係を保っていければ、それでもいいと思っていたのでしょう。しかし、その気配もなく年月が過ぎ、二十九歳になってしまいます。当時の感覚では、子供を授かるにはぎりぎりの年齢です。御息所は心身ともにどんどん追い詰められていきました。

■六条御息所

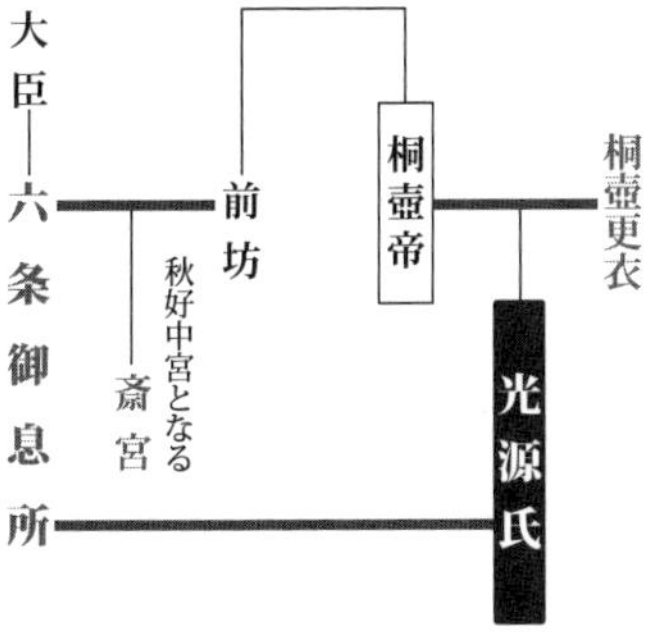


もう葵の上には勝てないと思った御息所は自ら身を引き、娘と伊勢へ下ろうと考えたのですが、最後の思い出にと出かけた葵祭見物で決定的に傷つけられてしまいます（56〜57ページ「車争図屏風」）。お忍びで出かけた葵祭で、後からやって来て割り込もうとした葵の上の一行と、従者同士が場所取りの喧嘩《けんか》を始めたのです。

葵の上の供の者たちは、ご主人が六条御息所より早く子供を授かったので、いい気になっていて、御息所の車を押しの

賀茂の斎院の御禊の行列に加わった
光源氏の姿を見ようとひしめく群衆

誇らしげにやってくる
光源氏の行列

隅に押しのけられた
六条御息所の一行

牛車の駐車場所をめぐって
争いをおこした葵の上の一行

# 車争図屏風

**狩野山楽筆　江戸時代**

東京国立博物館蔵
(Image:TNM Image Archives)

けて壊すなどの無体なふるまいをします。御息所の車が葵の上の車の後方に追いやられたところに光源氏の隊列がさしかかり、御息所は源氏が葵の上の車に向かって丁寧に挨拶して過ぎるのを目の前で見てしまうのです。正妻と忍び妻との差とはこういうことなのか、と立場の差を思い知らされたうえに、公衆の面前で恥をかかされ、御息所は打ちのめされて、葵の上に強い恨みを持つようになります。

女性同士がバラバラでからむことのない車軸構造の物語展開の中では、例外的な三角関係といえるでしょう。とはいえ、直接葵の上と六条御息所が会うことはないのですから、二人の葛藤はいきおい互いの心情を忖度《そんたく》する心理的なものとなっていきます。妄想にも似た恐れと憎しみの加速という何かに浮かされたような動揺として表れます。これが『源氏物語』の「もののけ」の正体です。

葵の上はその後つわりがひどくて寝込んでしまうのですが、その苦しみは六条御息所の生霊《いきりょう》の仕業ではないかと噂されます。物語では、もののけが六条御息所であるとは記さずに、六条御息所が物思いにふける姿と、葵の上がもののけに悩まされる姿が交互に描かれます。葵の上の側にも自分の側がしでかしてしまった行為にやましいものがあったのでしょう。懐妊の「つわり」の中で、次第に傷ついているはずの御息所の存在が気になってくるのです。

御息所は源氏に自分の病悩を訴え、それに対して、源氏もいちおう見舞ってはくれます。しかし、やはりここは自分の子を宿して患っている葵の上のほうが気になって、そそくさと帰ってしまいます。すると御息所はさらに傷ついて、悩みを深めていく。

そのようなもののけ騒ぎの果てに、葵の上は長男の夕霧を産むのですが、その出産間際に源氏は、看病している葵の上が、急に六条御息所の声音になって泣いて話すのを見て慄然《りつぜん》とします。そのときにもののけがつぶやいた歌が、これです。

**なげきわび空に乱るるわが魂《たま》を結びとどめよしたがひのつま**（「葵」）

「あなたのことで嘆くあまり体から抜け出してさまよっている私の魂を、着物の下重ねの端を魂結びしてつなぎ止めてくださいね」という歌です。死の淵をさまよう葵の上の光源氏への呼びかけの歌として受け取ってもまったくおかしくない歌ですが、六条御息所に対して後ろめたさがあり、その執念を恐れている源氏には、どうしても御息所の歌のように聞こえてしまいます。物語はその主観的な「思いなし」を問題にしているのです。

葵の上は夕霧を無事に出産した後、源氏や父大臣らが留守にしている間に急逝します。葵祭で六条御息所に恥をかかせた覚えのある葵の上周辺も御息所を疑っています。

では、六条御息所のほうは、それらの非難を事実無根のこととして退けたでしょうか。自分の心が浮わついてしまって、夢の中で漂い出たかもしれないと、自分の心ながら管理できない思いを抱いて、御息所ははっきり否定もできない日々を送ります。

紫式部は、こうした六条御息所の誇りと虚勢を、また光源氏への容易に断ち難い恋情とを、非常にきめ細かく描き出しています。御息所は須磨に赴いた光源氏の心を手紙で慰め、帰郷後、娘の斎宮を光源氏に託し亡くなります。この娘を光源氏はこの上なく大事に扱い、やがて養女として冷泉帝に入内させ、子供もできないのに中宮にまでさせます。

六条御息所は『源氏物語』全体の中では比較的早く退場してしまうのですが、その存在感は絶大で、その後何か不穏なことが起こるたびに、光源氏は六条御息所の怨念《おんねん》ではないかと連想してしまいます。それくらい、彼女は源氏の中に癒えないしこりのようなものを残したのです。

葵の上の死後、光源氏はうとましい思いを抱いて御息所を遠ざけますが、その後に続くのは断ちがたい未練と後悔でした。嵯峨野の野宮《ののみや》に訪ねたときも、伊勢へ下る日も、須磨からも、光源氏は御息所をしのび続けます。それほど光源氏の御息所への良心の呵《か》責《しゃく》は激しかったわけです。

亡くなった葵の上への思いはそれほど後を引きませんが、御息所を「もののけ」と見てうとみ、排斥した記憶は、以後光源氏から離れることがありません。「朝顔」の帖で生涯に二つだけ心の「むすぼほれ（しこり）」を抱えることになったと光源氏は回想しますが、その一つは藤壺とのこと、もう一つは六条御息所のことでした。

藤壺との関係は不義の子・冷泉の即位によって光源氏を至高の地位に導く役割をしますが、六条御息所との関係は、光源氏の栄達の陰に隠れた女性たちの恨みの思いを集約する存在として、以後も長くその存在感を持ち続けるのです。

後になって源氏は、「六条院」[*3]（63ページ「六条院復元図」）という、自身の栄華を象徴するような見事な屋敷を造営し、そこに女君たちを集めて暮らすのですが、この邸宅はまさに六条御息所がその昔住んでいた場所の跡に築かれたものです。そんな縁起の悪い所でなくてもいいはずですが、そこにわざわざ光源氏が居を構えたと物語が語ろうとするのは、栄華をきわめた光源氏の理想的な生活の背後に、傷つき恨んで退場していった御息所の存在があったことを忘れさせないための用意でした。

その六条院に六条御息所のもののけと称するものが、繰り返し登場し続けるのも、六条御息所の問題を最後まで手放さないという作者の物語に対する姿勢を表しているのでしょう。

六条御息所は物語の中で独自の位置にいました。第一部における物語は、ほとんどが光源氏の視点で語られているのですが、六条御息所だけは自分の独自の視点を持っています。そのように考えると、六条御息所は主人公・光源氏を相対化し、突き放して見る姿勢を提供するものとして、物語の中に導入されたと考えることができます。

## もののけは本当にいるのか

ところで、『源氏物語』にしばしば登場する「もののけ」について、ここで少し補足しておきたいと思います。

もののけとは、平安中期において広まった観念で、心身の弱り目に取り憑き危害を加える怨霊のことをいい、死霊、生霊から妖怪にいたるまでさまざまな形態で現れるとされました。漢文の日記などには「邪気」などと記述されますが、この現象を本格的に物語の中に取り入れたのは『源氏物語』が初めてです。当時の人びとはこれをたいへん恐れ、ちょっと具合が悪くなるともののけの仕業かと疑い、祈禱《きとう》をしたりお祓《はら》いをしたりしました。紫式部はそれを冷静に見ていて、そんなものが本当にいるのかと疑っていたようです。物語に書きはしましたが、頭から信じていたわけではなく、「もののけのよ

# 六条院復元図

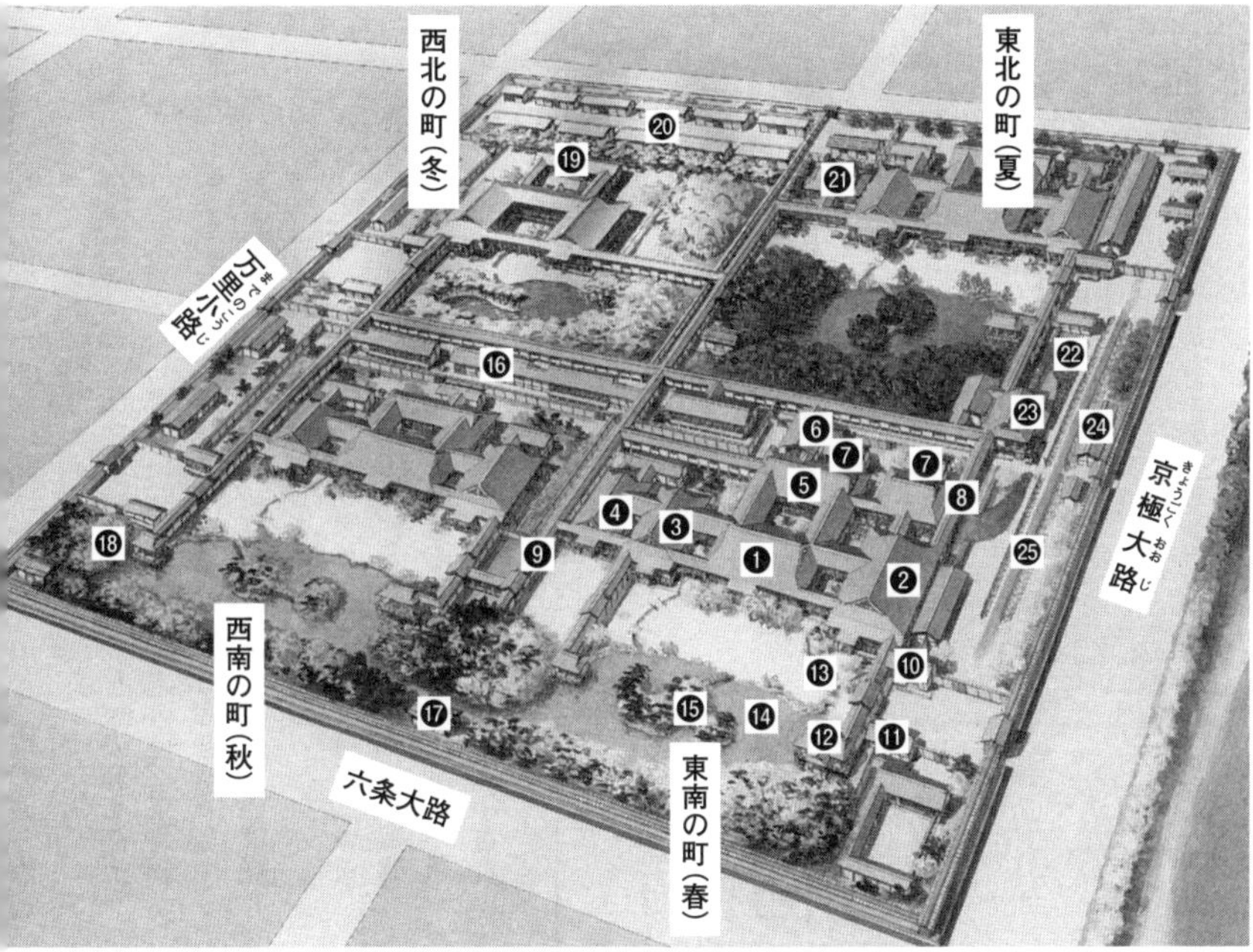


❶寝殿
❷東対《ひがしのたい》
❸西一対《にしいちのたい》
❹西二対《にしにのたい》
❺北対
❻雑舎《ぞうしゃ》
❼御匣殿《みくしげどの》
❽東廊《ひがしろう》
❾中廊《なかのろう》
❿侍廊《じろう》
⓫車宿《くるまやどり》・随身所《ずいじんどころ》
⓬東釣殿《ひがしのつりどの》
⓭遣水《やりみず》
⓮東池《ひがしのいけ》
⓯中島《なかのしま》
⓰曹司町《ぞうしまち》
⓱舟泊《ふなどまり》
⓲滝
⓳中対《なかのたい》
⓴御蔵町《みくらまち》
㉑文殿《ふみどの》
㉒菖蒲池《あやめのいけ》
㉓馬場大殿《ばばのおおどの》
㉔御厩《みうまや》
㉕馬場

イラスト：中西立太　監修：三田村雅子　（週刊朝日百科「世界の文学」第24号「源氏物語」より）

うなものを生み出したり信じたりしてしまう人間の心」を書くためのツールとして、もののけ現象を使ったといったほうがいいように思います。

よく注意して読んでいただくと、物語は、夕顔や葵の上を死に至らしめたものが六条御息所の生霊であったと記しているわけではありません。もののけ現象というのは、それに関係している多くの人びとの不安や恐れや罪の意識がからみあった結果であり、『源氏物語』の場合、もののけに気づき、もののけのせいだと考えているのは光源氏一人だという偏りがあります。光源氏には、六条御息所を受け止めきれないのに手を出してしまった後ろめたさがあり、葵の上は車争いで御息所にひどいことをしてしまったという罪悪感があり、六条御息所には、公衆の面前で辱《はずかし》められた屈辱感や若い恋人に対して見苦しい嫉妬などは表すまいという逆の抑圧などがあります。こうしたいくつもの感情がもつれて、結果的にもののけのような得体の知れない想像物を作り上げてしまう。そのあたりを紫式部はそれぞれの思いに即して、微妙に、複雑に描きます。

このあたりの描写をもって、「女心のみにくさ、弱さ、おぞましさがわかる」などとする読みもこれまでなされてきましたが、『源氏物語』の多層的な語り方を誤読したものとしか思えません。物語は「女心」を問題にしているわけではなく、あらゆる場合に、御息所のもののけに責任を負わせてみずからを免責してしまう、病む側、見守る側の責任回避のシステムを描いているのです。

日本では古代から怨霊思想がありましたが、もののけが積極的に取り沙汰されるようになったのは、まさに紫式部の時代で、不安や恐れが正体もわからないまま増大していく一種の神経症状のように京の都に吹き荒れました。平安時代は「平安」という名の通り、戦争もなく死刑もない平安な時代でした。それは、以前の奈良時代が皇族同士の殺し合いなどが行われた血みどろの時代だったため、その反省として、人を殺さない「平安」な時代、平穏な政治が志されたのですが、派手な殺戮《さつりく》や戦争が行われなかった分だけ、陰湿ないやがらせのようなことがむしろ横行していったのです。ライバルや敵は二度と立ち上がれないように痛めつけておくというやり方ですね。いわば「いじめ」の構造です。派手な粛清にかわって、抑圧が張り巡らされ、押し畳まれた怨念の感覚が生み出されました。

有名な安倍晴明《あべのせいめい》*4という陰陽師《おんみょうじ》が活躍したのも、花山天皇から一条天皇にかけての時代です。それ以前の陰陽博士たちは地位も高くなく、注目もされていなかったのですが、安倍晴明とその師である賀茂保憲《かものやすのり》のあたりから位が急に上がり、脚光を浴びるようになったのです。彼らの力によってもののけ現象がにわかに注目を集め、それを祓うスペシャリストとして、活躍するようになったのでしょう。

もののけというのは、人の身体に取り憑いているわけですから、本人に憑いたまま責め立てると、被害者である当人も大きなダメージを受けてしまいます。そこでまず憑坐《よりまし》となる別の人物にもののけのみを移し、その後に「おまえの正体は誰だ」とか「なぜこんなことをするのだ」といったふうに尋問していきます。霊媒《れいばい》となる憑坐は童子や少女が務めるのですが、敏感な憑坐は、観客が心ひそかに「あの人が恨んでいるのではないか」と予想していることを口にします。ツボにはまった答えが得られると、「よし、原因はこれに違いない」とみなが納得し、さらに勢い込んで尋ねると、周囲の反応に勇気づけられて、憑坐は期待される答えを次々口にして、告白していきます。取り調べの誘導尋問と同じですね。自白させられた後、もののけは陰陽師によって封印され、川に流される儀式がなされるのです。

当時の人たちはこうしたもののけ調伏《ちょうぶく》法によって、かつて自分が犯したいじめの被害者の思いを汲み上げ、告白させることによって浄化（カタルシス）を獲得しようとしました。そのもののけ調伏の熱狂に対して、紫式部自身はやや距離をとっていたようです。

『源氏物語』が書き始められる直前に（家集の順番による）詠まれた歌として、次のような歌があることが知られています。

絵に、もののけつきたる女のみにくきかたかきたるうしろに、おにになりたるもとのめを、こぼうしのしばりたるかたかきて、男は経読みて、もののけせめたるところを見て、

亡き人に託言《かごと》はかけてわづらふもおのが心の鬼にやはあらぬ（『紫式部集』）

「死んだ人が祟《たた》りをなしていると人のせいにしてわずらっていますが、それは御自分の良心の呵責のせいじゃありませんか」と、もののけのせいにして、病気の説明をつけていく安易な発想に警鐘をならしています。もののけが告白するのは「真相」などというものではなく、真相からあえて目を逸らそうとする人びとの恐れや不安や責任転嫁の発想そのものなのだ、と紫式部は言いたいのでしょう。

紫式部はもののけというものを使って当時の人びとの深層心理にまで分け入り、心の深いくらがりを描こうとしたのです。

## 形代であることを知らなかった女君

もののけが六条御息所の思い出を背負って、何度も繰り返し出てくるように、藤壺と

いう永遠の女性の思い出は、紫の上や女三の宮という姪を通じて物語の中で何度も蘇ってきます。紫の上（69ページ系図「紫の上」）について見てみましょう。

紫の上は、光源氏の最愛の妻であり、『源氏物語』のヒロインの中でも、もっとも重要な人物と言っていいでしょう。「若紫」の帖で、光源氏は「わらわ病」[*5]の療治に北山《きたやま》に籠った折に、熱愛する藤壺に瓜二つの少女と出会います。藤壺に似ているのもそのはず、彼女は藤壺の兄である式部《しきぶ》卿宮《きょうのみや》の娘、つまり藤壺の姪でした。聞けば、彼女の母は早く亡くなって、この祖母のもとで育てられ、また、継母の存在もあって父の式部卿宮の元には行きたくないのだといいます。藤壺へのかなわぬ恋に苦しんでいた源氏は、せめてもの身代わりとしてこの少女を手元に引き取りたくなり、奪い取るように二条院に連れてきてしまいました。ここでは、紫の上の素性が明らかになる以前に、藤壺にそっくりであったことが光源氏を引きつけて離さない要因として語られます。少女は源氏よりも八歳年下で、当時十歳でした。

以後、源氏は理想の姫君にしようと少女の養育をしながら一緒に暮らしますが、本当の意味での妻とするのは、葵の上が亡くなり、六条御息所とも破局の気配が濃厚になった後でした。引き取った日から数えれば四年もたっており、紫の上は十四歳になっていました。当時の感覚では十四、五歳といえば完全に大人ですから、毎日同じ屋根の下で暮らしていたことを思えば、光源氏が手を出さなかったことのほうがむしろ驚くべきことといえます。光源氏はよほどこの少女を大事にしていたのでしょう。この紫の上を正妻格の妻として据えるためにも、六条御息所と葵の上の争いが描かれ、その結果としての二人の退場が書かれなくてはならなかったのです。

実は、葵の上が死去した後、光源氏のもとには右大臣家から娘の朧月夜の君を正式に妻にもらっていただきたいという打診があったのです。朧月夜は、後に源氏が、朱雀帝に入内予定であったのに火遊び的に関係してしまった女君です。しかし、このとき源氏は断りました。今まで左大臣家の婿としてさんざん気を遣い、葵の上とは不和が続いて苦労したので、妻の実家に気兼ねする政略結婚はこりごりという気になっていたのです。それに対して、紫の上は政治とは無縁な存在です。誰とも係累はありません。だからこそ、尊い存在だったのだと言うこともできます。愛だけによる結婚を夢見て、光源氏は紫の上と結婚するのですが、結果としてそのことは、葵の上を失った光源氏の政治家としての立場の弱さをさらに加速してしまいます。

藤壺の面影を宿す紫の上は、光源氏にとって他の愛人たちとは別格の存在でした。光源氏が予想したとおり、紫の上は、誰より

■紫の上

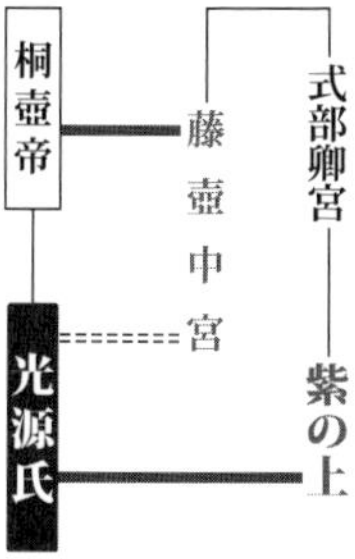

も心を許せる相手となります。しかし、いつもそばにいてくれる安心感からか、紫の上への愛は禁断の恋の相手のように熱狂的には盛り上がらず、紫の上の存在の大切さを初めて彼が認識したのは、源氏が政治的に失脚して単身須磨に退去することになったときです。離れ離れになった二年余りの間、源氏は紫の上を本当に大事な人だと感じます。そして、紫の上のほうも、離れてみて初めて妻としての自覚が湧くのでした。

いつもそばにいて支えてくれ、応えてくれる空気のように日常的な存在で、だからこそ、そのかけがえのなさに気づかない——という紫の上に対する感覚は、その後も光源氏の中に残っていました。紫の上の大切さを再び痛烈に思い知るのは、二十年ほど後に女三の宮という新しい正妻を迎えることになったときです。そして、思い知ったときにはもう遅かったのです。女三の宮と紫の上についてのお話は、次章で、改めて語ることにします。

## 娘を手放した明石の君

さて、三人目の明石の君です。彼女はどちらかといえば地味な存在なのですが、光源氏の人生や栄達を決めるうえで重要な人物です。源氏が須磨・明石に流謫《るたく》の身となった際に世話をしてくれた土地の有力者、明石の入道の娘です。受領《ずりよう》*6階級ですから身分は

■明石の君

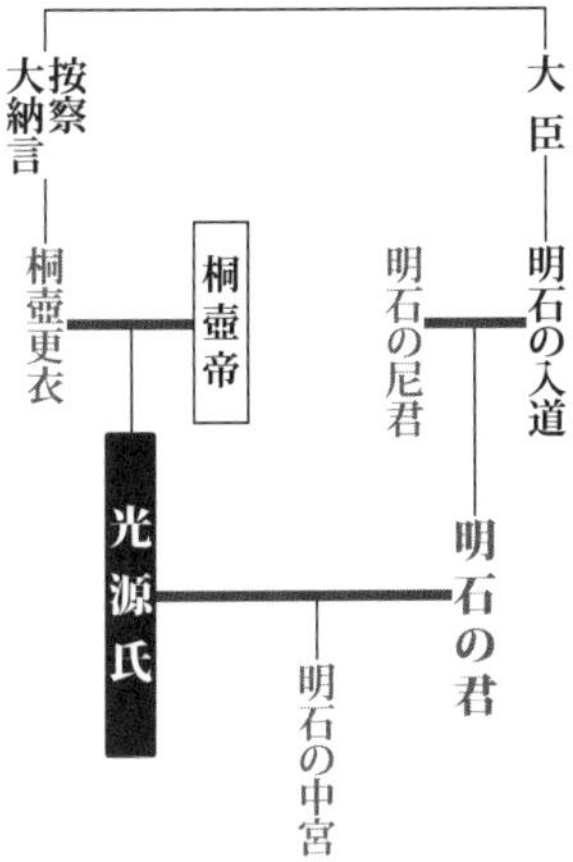


高くないのですが、祖父は大臣であり、母も宮家の子孫で血筋も悪くありません。しかも明石入道は桐壺更衣と同族でいとこ同士、光源氏の母方の親しい身内でもあったのです。教養もあり、琵琶《びわ》・箏《そう》・琴《きん》の名手でもあり、見事な和歌の詠み手でもあります。

よく指摘されるのは、物語の中で紫の上と明石の君が「対《つい》」のような関係になっていることです。たとえば、出会いがそうです。明石の君と光源氏が実際に出会うのは源氏が明石に住んだ後ですが、実は、紫の上に北山で初めて出会ったときの噂話に、明石の入道という風変わりな男と美しい娘の話題が出てきていたのです。つまり、紫の上が光源氏の前に現れるのと同時に、明石の君との出会いの種もまかれていたのです。

また、光源氏が須磨から明石に移り、明石の入道の度重なる要請を受けて明石の君の所に初めて赴いた折も、海岸で馬を走らせながら、このまま京の紫の上に会いにいこうかとさえ思います。しかし、やはりそういうわけにもいかないと思い直したその晩が、明石の君との初夜になります。紫の上に会いたいと思いながら、明石の君と結ばれてしまう。このように不思議な運命の交錯《こうさく》が、二人の女君の間にはあります。

明石の君と紫の上は、「子供」をめぐる点でもつながっています。紫の上はついに子宝に恵まれませんでしたが、明石の君は女の子を産みます。光源氏はその妊娠中に都に復帰し、やがて誕生した子が女の子であることを知って、何が何でも引き取りたいと明石の君を説得し、紫の上に自分の子供として育てさせることにします。

親子を無理やり引き離す残酷な仕打ちですが、源氏がなぜそんなことをしたかといえば、かつて宿曜《すくよう》*7の占いで、次のような予言をされていたからです。

**御子三人、帝《みかど》、后《きさき》かならず並びて生《う》まれたまふべし。中の劣りは太政大臣《おほきおとど》にて位を極《きは》むべし**（「澪標《みおつくし》」）

「源氏には子供が三人できて、その中から帝と帝の后が必ず出る。そうならない子供も位人臣をきわめる」ということです。思い返してみれば、藤壺との間にできた子はすでに帝（冷泉帝）になっている。葵の上との子である夕霧もエリートコースを順調に歩みつつある。となると、女の子ならば、必ず帝の后になるはずで、それは明石の君の産んだ子に違いない――。そして将来、入内するならば、少しでも母親の身分が高いほうが立后のために都合がよいと考え、紫の上に育てさせることにするのです。

源氏の強い要望でそうなったものの、本来、生まれた姫君はそのまま明石の君に育てさせても悪くはありませんでした。たしかに彼女は受領の娘ですが、藤原摂関家の全盛期を築いた藤原道長の母である時姫も受領の娘です。その時姫の娘二人（超子《ちょうし》・詮子《せんし》）は女御になり、いずれもやがて天皇となる皇子を産みました。ですから、光源氏が考えるほど、明石の君の身分が障害であったわけではありません。でも、源氏にはそれが気になった。なぜなら、自分自身が更衣の息子ということで差別され、親王にもなれなかったくやしい思いがあったからです。

自分の娘が将来后になる運命を持っているのだとしたら、それを実現させるために最大限の努力をしようと思ったのでしょう。そのためには、母と娘を引き裂くことも致し方ない、と。このあたりは、かなり冷酷《シビア》な光源氏です。

子供のいない紫の上は明石の姫君を養女とすることを喜び、姫君を愛し、姫君のほうからも慕われるのですが、紫の上にも源氏同様、身勝手なところがあるといえます。自分のほうが身分の高い妻なのだから、身分の低い妻には何をしてもよいというエゴイズムであり、また、養子とはいえ子供を持ったほうが自分の地位が確実になるという思いもあったでしょう。こうして光源氏と共犯になった報いは、後に自分よりも高い身分の女三の宮が光源氏の正妻として迎えられたときにやってきます。今度は紫の上のほうが身分ゆえに幼い姫宮にへりくだらなければならないという悲しい応報となって返ってきます。

紫の上は理想的な「母」として振る舞い、明石の君の謙遜とへりくだりの中で、姫君の「母」である特権を行使していきますが、東宮の第一王子を出産したばかりの明石女御が宮中に戻ることをいやがると、早く宮中に戻ることが大切と言い聞かせ、入内させてしまいます。実の母・明石の君はもう少し養生させてからと主張するのですが、出産したことのない紫の上には産婦の負担が本当の意味で理解できないのでしょう。理想的な女性として六条院に君臨する紫の上ですが、そこに無意識的にしのびこんでいるおごりをも物語は冷徹に描き込んでいるのです。

ともあれ、こうして紫の上のもとで育った明石の姫君は、やがて入内して中宮になり、皇子や皇女ら五人の母として宮中に君臨することになります。まさに源氏の見た夢が実現されたのです。

## 対をなす明石の君と紫の上

もう一つ、明石の君と紫の上の対比という点でいいますと、「財力」という問題があります。明石の君は娘を連れて上京してくるのですが、光源氏の邸宅には住まず、京の郊外の嵐山にある大堰《おおい》というところに別荘を改修して、源氏を通わせます。当時にあっては通い婚こそが対等の結婚であって、夫の家に入ることは、恥ずかしいと考えられていた時代に、受領の娘ではあっても、明石の君は光源氏を通わせて対等性をアピールします。そのようなことができたのは、彼女が裕福だったからです。

明石の君の父である明石の入道は、受領として低く見られがちですが、実はたいへんな資産家です。平清盛が日宋貿易で財を築いたのと同じく、瀬戸内海貿易で財をなしたらしく、日常的に舶来品を取り揃え、羽振りのいい生活をしていました。明石の君の母方の宮家の別荘という格調高い場所に、風流な家をしつらえたのも、経済力に裏打ちされた行動でした。

現代では、結婚したら夫婦は同居するのが当たり前ですが、平安時代は「通い婚（招《しょう》婿婚《せいこん》）」が基本でした。妻は夫に経済的な面倒を見てもらわず、妻の実家がすべての費用を負担しました。妻の実家は婿を大事にして、着物も食べ物もすべてまかなってあげることが普通だったのです。

紫の上の場合は父・式部卿宮に知らされることなく光源氏が引き取ったので、経済的には光源氏の丸抱えです。住むところも着るものも食べるものも女房も、すべて光源氏が手当てしました。このような結婚は「据え婚」と呼ばれ、軽い存在として扱われました。愛情だけで迎えられる結婚というのは、当時は低く見られたのです。

二人を対比すると、明石の君は、経済力はあるけれども格が低い。紫の上は、生まれはいいが、父から認められず、披露宴もなく、経済力がない——ということになります。ここでも彼女たちは陰と陽のような対の関係になっているのですが、さらには性格の面でもそれはうかがえます。

紫の上は「うらなし」「何心なし」と何度もいわれるように表裏がなく、思ったとおりに行動する素直な人として提示されます。光源氏も紫の上には心を許し、安らぐことができた。これに対して、明石の君は常にへりくだることを要求されていたせいか、本心を外に出さず、抑圧する傾向があります。あまりにも自分の内面を抑えすぎて、温かな包容力や、やさしい弾力性を失ってしまったのが明石の君でしょう。長いこと自分の感受性をすり減らしていって、女として生きるのをあきらめ、自分の子孫が幸せになればそれでいいと居直ってしまった。そういう意味では、彼女は「おしん」のように耐えしのぶ女で、その末に、子孫の繁栄という大きなものを獲得した幸せな女性だったと言うことができます。しかしその過程において、彼女は長く抑えつけられすぎ、感受性をすりへらしていったようにも見えます。死期を悟った紫の上の最期のあいさつにも、明石の君は通り一辺のあたりさわりのない返事しかできないのです。

彼女は光源氏の権力を次の世代につなげていく重要なキーパーソンでした。藤壺が冷泉帝を産んで光源氏を准太上天皇の位につけたように、明石の君は姫君の入内と出産によって、外戚としての光源氏の地位を盤石なものにしていったのです。

あのもののけとしてうとまれた六条御息所も秋好中宮という娘を光源氏に託して、光源氏の栄華獲得に寄与していました。葵の上も夕霧という跡継ぎの息子をもたらしていました。そういう意味では『源氏物語』の第一部に出てくる重要な女性たちは、いずれも光源氏の栄達に役立った女君たちでした。

ところが、紫の上だけはそうした女君とは違って、なんの役にも立たない女君だったのです。それでは、彼女の人生はなんの意味もなかったのか。紫の上という余剰の女君が担っていた役割をめぐって、物語はさらに検討を深めていきます。第二部の世界の始まりです。

**＊1　形代**

祭のときに神体の代わりとする人形《ひとがた》が起源で、のちに陰陽師などが祈禱をする際に災いを移して川などに流す人形となり、それが転じて「身代わり」の意となった。『源氏物語』の中には、外見的に似ている人物には同じ精神が宿っているという古代的な見方が残っていた。

**＊2　紫のゆかり**

愛する人に縁のある人や物をいう。桐壺更衣の桐、藤壺中宮の藤も、花は紫色である。

**＊3　六条院**

光源氏が太政大臣になった翌年の三十四歳の時に六条京極のあたりに造営を始め、その翌年に落成した広大な邸宅。四区画に分けられ、住んでいる女君のイメージに合うと光源氏が判断した季節が割り当てられている。

**＊4　安倍晴明**

九二一～一〇〇五。平安中期の陰陽師。確かな記録が残っていないため伝説が多い。天文暦学に通じ、霊術を駆使して占いや除災を行ったとされる。朱雀天皇から一条天皇まで六代の天皇の側近として仕えた。

**＊5　わらわ病**

瘧《わらわやみ》。童病とも書く。子供がよくかかり周期的に発熱する病で、現在のマラリアとも。

**＊6　受領**

実際に任国に下って行政にあたる国守。「前任者から官物を受領する者」の意から生まれた呼称。任地に下らない遥任国守には主として上級貴族がなったのに対し、受領にはもっぱら四、五位の中級、下級貴族が任命された。

**＊7　宿曜**

星の運行によって人の運命を占うこと。仏教とともに中国から伝わった占い。

# 第3章——体面に縛られる男たち

## 暗転する「若菜」

第二部は「若菜」という帖から始まりますが、この帖は『源氏物語』の中でもとりわけ重要といわれています。分量も多く、『源氏物語』全体の十分の一ものボリュームを占めています。『源氏物語』には、他にそのような大きな帖はなく、それだけでも「若菜」は物語の質が変化したことがわかります。

このようにたっぷりとした重量感をもって書き始められたことは、この時期の紫式部が心身ともに安定していて、書き手として充実していたことも表しているでしょう。好評を得て筆が乗っていたこともあるでしょうし、自分に対する自信もついていたのではないでしょうか。レベルの高い作品を出しても、それを読み切ってくれる読者がいる——すなわち読者との信頼関係が育ってきた——という手応えも、紫式部にさらなる出発をうながしたのでしょう。

前にも少し触れましたが、第二部では、第一部で栄華をきわめた光源氏の後半生が描かれます。かつて光源氏は輝くような若さの中で、不遇な境遇をバネに、時には気ままに、時には大胆不敵に生き、それらが実を結ぶ形で最高に近い権力を手にしました。しかし、紫式部はそこで終わらせず、それでよかったのか、不義密通の上に成り立った栄華に安住していていいのか、と源氏に人生を問い直させるのです。

物語が始まると、源氏が四十歳になったことを祝う賀宴が催されます。当時の人びとにとって四十歳は、現役の男から老人である翁《おきな》へと移る年齢です。現代感覚からすると四十歳はまだ中年ですが、当時は十二〜十五歳で元服《げんぷく》して大人の仲間入りをし、平均寿命は三十七歳だったといいますから、今よりも十歳から二十歳くらい前倒した感覚だったようです。四十歳といえば、よくぞここまで生きたという感じだったのでしょう。

「若菜」の前にあたる第一部の最終帖「藤裏葉」でも、賑々《にぎにぎ》しい行事が描かれています。これは、源氏が准太上天皇になったことを祝して冷泉帝と朱雀院が揃って光源氏の六条院に行幸された際の慶事です。「藤裏葉」「若菜」と隣り合った帖に、連続して同じようなめでたい宴会シーンが出てくるわけですが、「藤裏葉」はひたすらお祝いごととして行われた明るい宴、一方の「若菜」はその後の暗転のステージの幕開けとして不吉なものが暗示されている宴——と異なる意味を込めて描き分けられています。

紫式部は、時折このような手法をとります。たとえば、「須磨」と「明石」に同じような嵐の場面があって、「須磨」のほうは暗い不吉の象徴として描き、「明石」のほうは明るい吉兆の先触れとして描くといった具合です。同じモチーフの両義的な側面を描くことで、明暗を強調しているのです。

## それは、女三の宮の降嫁から始まった

　このように第二部は、かつてはひたすら若く美しかった光源氏が、そうばかりとは言い切れない境涯に入ったことを確認してスタートしていきますが、ここで、物語の進行上、重要な女君である女三の宮の登場となります。四十歳になった源氏のもとへ、十四歳になったばかりのうら若き内親王が、新しい正妻としてやってくるのです。

　女三の宮というのは、光源氏の兄帝である朱雀院の最愛の娘で、本来ならこの時代の皇女は「皇女不婚の原則」といって生涯結婚しないのが常でした。ところが、彼女は精神的に未熟なところがあって、独身を通していけるか不安な姫君だったのです。母親はすでに亡く、外戚もしっかりしていないので、自身も病気がちな朱雀院は心配でたまらず、例外ではあるけれども、いずこかへ降嫁したほうが安心だと考えました。女三の宮の性格からすると、頼りがいのある落ち着いた大人に後見のような形で庇護してもらえるのがよいだろうと考えた末、源氏に話を持ちかけたのでした。

　源氏にしてみれば、四十歳を目前にし、紫の上という最愛の妻がいるのですから、今さらそんな幼な妻をもらう必要はありません。しかし、うっかりもらってしまうのです。なぜかというと、この女三の宮が藤壺中宮の姪、藤壺ゆかりの姫君であるからに他

なりません。光源氏の胸の中では、藤壺が今なお忘れがたい女君として保存されていたのです。内親王ですから最高に身分が高いことは間違いなく、求婚する男君も数多くいました。院最愛の内親王の婿となる男性は、特別な出世が約束されたようなものでした。となると、むざむざ他家の若者にそのチャンスをやるのが惜しくなってしまうのです。本心では欲していないのに、ちょっと欲張ってしまったのです。

　これについて、『光源氏になってはいけない』の著者・助川幸逸郎さんは「四番バッターばかり集めた巨人軍のようだ」と評していました。六条院には紫の上を中心に女性たちが調和的に序列づけられ、もう十分のメンバーを抱えているのに、さらに花形を入団させてしまい、かえってチームの混乱を招くという意味です。

　それまでの光源氏はずっと上り調子でした。准太上天皇になって頂点をきわめたのですから、これで十分と満足すればよかったのですが、准太上天皇にふさわしい女性として、さらに内親王を、と欲を出したのがいけなかった。こうして女三の宮をもらった頃から、源氏の状況がなにやらおかしくなっていくのです。

**■女三の宮**

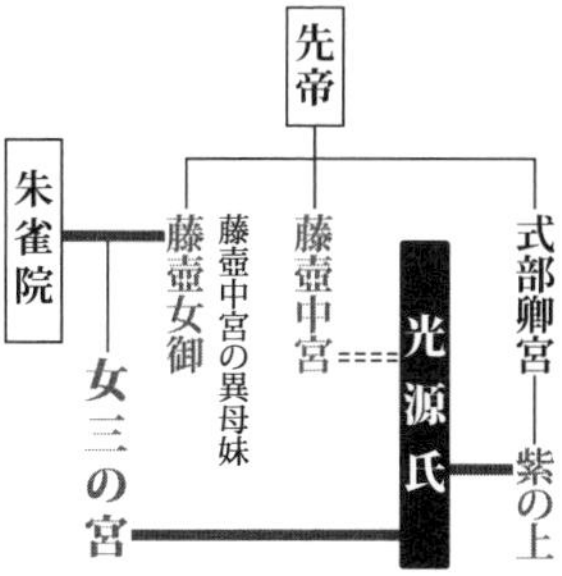

## 繰り返される「紫のゆかり」

光源氏が女三の宮を引き受ける気になった大きな理由として、先ほども述べたように、彼女があの藤壺中宮の姪だったということがあります。女三の宮の母は藤壺中宮の妹で、朱雀院の藤壺女御として寵愛を受けた女性ですが、政治的に威勢のあった、弘徽殿大后の妹・朧月夜尚侍《ないしのかみ》*1に気押されて、早く亡くなりました。藤壺中宮も先帝の第四皇女でしたが、女三の宮も皇女ですから、その点も共通しています。しかも、美人だというのです。藤壺の姪、皇女、美人、と三拍子揃っていては、これは藤壺の再来ではないかと、光源氏が錯覚したのも無理ありません。かつて若紫（紫の上）に出会ったときも、源氏は彼女の中に藤壺の姿を見出して自分のもとに引き取りましたが、それと同じことがまたしても繰り返されたのです。しかも、女三の宮のほうが、内親王であるだけに紫の上よりさらにいっそう藤壺に近いかも、などと思ってしまうのです。

この光源氏の心の揺れに大きく揺さぶられるのが紫の上です。紫の上がそれまで安住してきた特権的な地位がいま脅やかされているのです。紫の上とは光源氏にとって何だったのかが、ここで問い直されているのです。

病の中で出家を控えた朱雀院の懇願を、つい受け入れてしまった源氏ですが、紫の上に何と弁解しようか、その当日は切り出すことができず、夜もよく眠れませんでした。翌日、意を決して打ち明けると、案に相違して紫の上は怒りもせず、やんわりと微笑んで受け止めてくれました。源氏はほっとするのですが、紫の上の内心は、微笑むどころではなかったのです。

光源氏が院から縁談をもちかけられていることは、紫の上も噂でちらほらと聞き知ってはいました。しかし、まさか源氏がそれを受け入れようとは思ってもみませんでした。源氏の藤壺憧憬の重さがわかっていなかったのです。光源氏の妻になってから十八年、多少の浮気はされても、自他共に認める正妻格の存在として、すっかり落ち着いていた紫の上には、自分を決定的に脅やかすような存在が現れることなど想像できません。これまで源氏の浮気相手には朝顔の斎院のようにやんごとない方もいてハラハラさせられたりしましたが、結局は元のさやに収まり、もうこれで大丈夫という気持ちになりかかっていたときの出来事でした。

源氏に引き取られてからの年月でいえば二十二年。十歳だった紫の上も三十二歳となっていました。そんな自分の来《き》し方を顧みて、いろいろなことがあったけれども、自分は夫を支え、正妻としての役割も十分に果たしてきた、それなのにその年月はいったい何だったのだろう——と思ってしまうのです。彼女とて、源氏がみずから進んで新しい妻を迎えたわけではなく、院から強いられて断り切れなかったのであろうことはわかっています。理屈ではわかっても、心のほうは割り切ることができない。当時は結婚すると、「三日夜《みかよ》」といって、三日間連続で、相手の女性のもとに通わなければなりませんでした。夫を新妻のもとに送り出して一人になったのち、紫の上はこう思います。

**年ごろ、さもやあらむと思ひしことどもも、今はとのみもて離れたまひつつ、さらばかくにこそはと、うちとけゆく末に、ありありて、かく世の聞き耳もなのめならぬことの出で来ぬるよ、思ひ定むべき世のありさまにもあらざりければ、今より後《のち》もうしろめたくぞ思しなりぬる。**（「若菜上」）

昔は他によい方ができることもあろうかと不安だったけれども、さすがに最近はもう大丈夫だと思い始めていた。その今になってこんなことになるとは情けない。これから先、いったい私はどうしたらいいのだろう——。

しかし、紫の上は優等生ですから、そのような不満を表に出すことはしません。むしろ、周囲の人が紫の上を気遣ったり、憤慨して相手を悪く言ったりするのを制して、「私は大丈夫。女三の宮には仲良くしていただきたいものです」などとおっとりと言ったりします。でも、内心は不安でいっぱいでした。
それまで二十年ほど一緒に暮らしてきましたが、その間、たまに朝帰りされるような日はあっても、三日続けていないことはありませんでした。その辛さは遠い昔の須磨以来だと思ったりもするのです。

**風うち吹きたる夜のけはひ冷《ひや》やかにて、ふとも寝入られたまはぬを、近くさぶらふ人々あやしとや聞かむと、うちも身じろきたまはぬも、なほいと苦しげなり。**（「若菜上」）

紫の上の寝ているそばには宿直《とのい》の女房が控えていますので、頻繁《ひんぱん》に寝がえりを打つと、「いかがなさいましたか」「さぞやお悩みのご様子」と気をまわしたりします。寝られないことを悟られないように、と紫の上は身じろぐことさえできずに苦しみます。愛する夫を独り占めできない苦しみと、それを夫にも周囲にも悟られまいと抑制する苦しみが重なって、紫の上の心を食い破っていくのです。
紫の上が必死に自制して謙遜し、女三の宮を迎えようとしてくれていることは、光源氏にも伝わります。このような事態になって改めて、源氏は紫の上がいかに大事であったかということに気づき、どうにかして夫婦の信頼を取り戻さなければならないと焦ります。けれども、いったん失われた信頼は取り戻すことはできません。女三の宮は皇女ですから粗略には扱えませんし、愛情があろうとなかろうと女三の宮を世間的に立てねばならず、放置しておくことは許されません。ですから、光源氏は、自分の中に改めて紫の上に対する想いを発見しても、それを十分に示すことができないのです。

光源氏にとって、紫の上はもともと藤壺の形代（身代わり）的な存在として迎えられた妻でした。しかし、実際には形代などではなく、彼女こそが光源氏の最良の伴侶であり、理解者であり、慰め手であり、光源氏の家を支える存在だったのです。藤壺よりもはるかに実体を備えた理想的な妻でした。源氏はそれにずっと気づかず、新たにもう一人、女三の宮という形代を手に入れて、ようやく紫の上の素晴らしさを悟ったのです。比較する人が現れて、初めて紫の上のかけがえのなさが光源氏にもわかったのですが、わかったときにはすでに遅かったのです。最高の妻であるとわかった紫の上を女三の宮よりも下に待遇せざるを得ないジレンマにとらわれて、光源氏はうめき声を上げます。

至高の地位に到達し、誰をも恐れなくなった光源氏は、みずからのコンプレックスにとらわれ、最愛の紫の上を傷つけてしまいますが、その責任は藤壺の幻影を追い続けた光源氏自身にあります。誰かのせいにできない自縄自縛《じじょうじばく》にとらわれながら、苦渋の日々を送らざるを得ない光源氏を、作者は見事な筆で描き出します。栄華や権力はなんの解決にもならず、逆に、女三の宮というさらなる冠を得て、いや増す栄華のせいで、光源氏はうつろな心を抱えざるを得なくなるのです。

## 自分の場所が揺らぐとき

「若菜」の帖は上巻だけで約二年分の出来事が書かれ、下巻に入ると四年の空白期間があって、光源氏の子である冷泉帝が譲位して今上帝《きんじょうてい》に代替わりしたことが語られます。その間に、女三の宮は位が一つ上がって「二品《にほん》」になっています。今上帝は朱雀院の子で、女三の宮の弟にあたり、女三の宮のことをとりわけ大事に思って、位を特別に上げてくれたのです。二品というのは左大臣、右大臣クラスですから、偉い大臣がもう一人家の中にいるようなもので、源氏としてはいよいよ彼女を粗略にできなくなりました。

『源氏物語』では、物語の途中に四年間もの長いブランクがある例は元服直後の数年と、光源氏没後の数年を除いては他にありません。この四年の歳月の間に、女三の宮はいよいよ格が上がって人にかしずかれる身の上になり、年齢も二十歳になって、大人の女性として花開いていきます。これに対して、紫の上は相対的に格が下がり、年齢も三十八歳になっています。これから上っていく一方の女三の宮に比べて、紫の上は落ちていく一方であることを示すために、ここで四年もの時間の経過が必要だったのではないでしょうか。

紫の上をじわじわと圧迫するのは女三の宮だけではありません。娘を奪われたあの明石の君も紫の上を圧迫します。前章でも述べましたように、明石の君には、明石の入道という富裕な父がついています。それだけでも心丈夫なうえ、明石の姫君が今上帝に入内して中宮となり、寵愛もめでたく子供が次々に生まれました。明石の君も皇子たちの祖母として大切にされ、盤石な地位が築かれつつありました。

こうした女君たちと違って、紫の上には、実家もなく、子供もなく、あてにすべき経済力もありません。光源氏だけが頼みの綱なのです。紫の上はこれまで光源氏の愛情を疑わず、ほとんど独り占めしてきましたが、自分が下り坂であることを思い知らされると、これからも光源氏に変わらずに待遇される自信がなくなります。やがて、紫の上は、出家してこの果てしない競争から降りてしまいたいと思い始めます。

**かく年月にそへて方々にまさりたまふ御おぼえに、わが身はただ一《ひと》ところの御もてなしに人には劣らねど、あまり年つもりなば、その御心ばへもつひにおとろへなん、さらむ世を見はてぬさきに心と背きにしがな、とたゆみなく思しわたれど、さかしきや**

**うにや思さむとつつまれて、はかばかしくもえ聞こえたまはず。**（「若菜下」）

周囲の女性たちの社会的な重みが増していくにつれて、自分一人はだんだんおされていく。光源氏の愛情だけが頼りだが、それも次第に薄れていくに違いない。そんなみじめな目を見る前に出家したいものだ……。それは、半分は取り越し苦労ですが、半分は真実でした。というのも現在の帝が、光源氏が姉を大事にしているか目を光らせているので、光源氏も女三の宮を大事にせざるを得ず、紫の上と女三の宮のそれぞれのもとで過ごす時間が同じくらいになっていたのです。

**内裏《うち》の帝《みかど》さへ、御心寄せことに聞こえたまへば、おろかに聞かれたてまつらんもいとほしくて、渡りたまふこと、やうやう等しきやうになりゆく。**（「若菜下」）

世間体のための形式上の女三の宮訪問だから、と言われても、その言葉をそのまま鵜呑みにはできません。これから十年後、二十年後はどうなるのか、自分はもう持ちこたえられないかもしれない。そのような恐怖感にとらわれるのです。

やがて、そんな紫の上の不安を一気に高める出来事が起こります。光源氏は六条院の女君たち――女三の宮、紫の上、明石の君、明石の女御――を集めて、女君たちだけの器楽演奏会「女楽《おんながく》」を企画しました。女三の宮は琴、紫の上は和琴《わごん》、明石の君は琵琶、明石の女御は箏と受け持ちの楽器を割り振ったのですが、女三の宮はまだ琴を上手に弾くことができません。そこで、源氏みずから稽古をつけることにします。楽器の中でも、琴は最高の格の楽器です。それを光源氏が女三の宮に担当させ、手ずから教えるというのは、六条院の女君たちにおのずと序列をつけることになるわけです。

その日以降、光源氏は毎晩女三の宮のところに行き、ねんごろに琴を教えるようになりますが、同じ六条院の屋敷の中ですから、夜の風に乗って琴の音色が紫の上のところまで聞こえてきたはずです。その音色も、最初は下手だったのが、だんだん上手になっていき、源氏と同じような音色を奏でるようになる。年の暮れでしたから、紫の上はお歳暮やお正月の準備だとか生活万端のことをしながら、ずっとその琴の音を聴かされていたのでした。

年が明け、いよいよ宴が催されます。紫の上も明石の君も楽器の名手ですから、見事に演奏しました。女三の宮もまた、源氏の手ほどきの甲斐あって無難に弾きこなしました。

演奏を聴いていた源氏の息子の夕霧は、正直な感想として、紫の上の演奏が類希《たぐいまれ》に素

# 源氏物語手鑑
## 「若菜三」女楽の場面

**土佐光吉筆　安土桃山時代**
和泉市久保惣記念美術館蔵

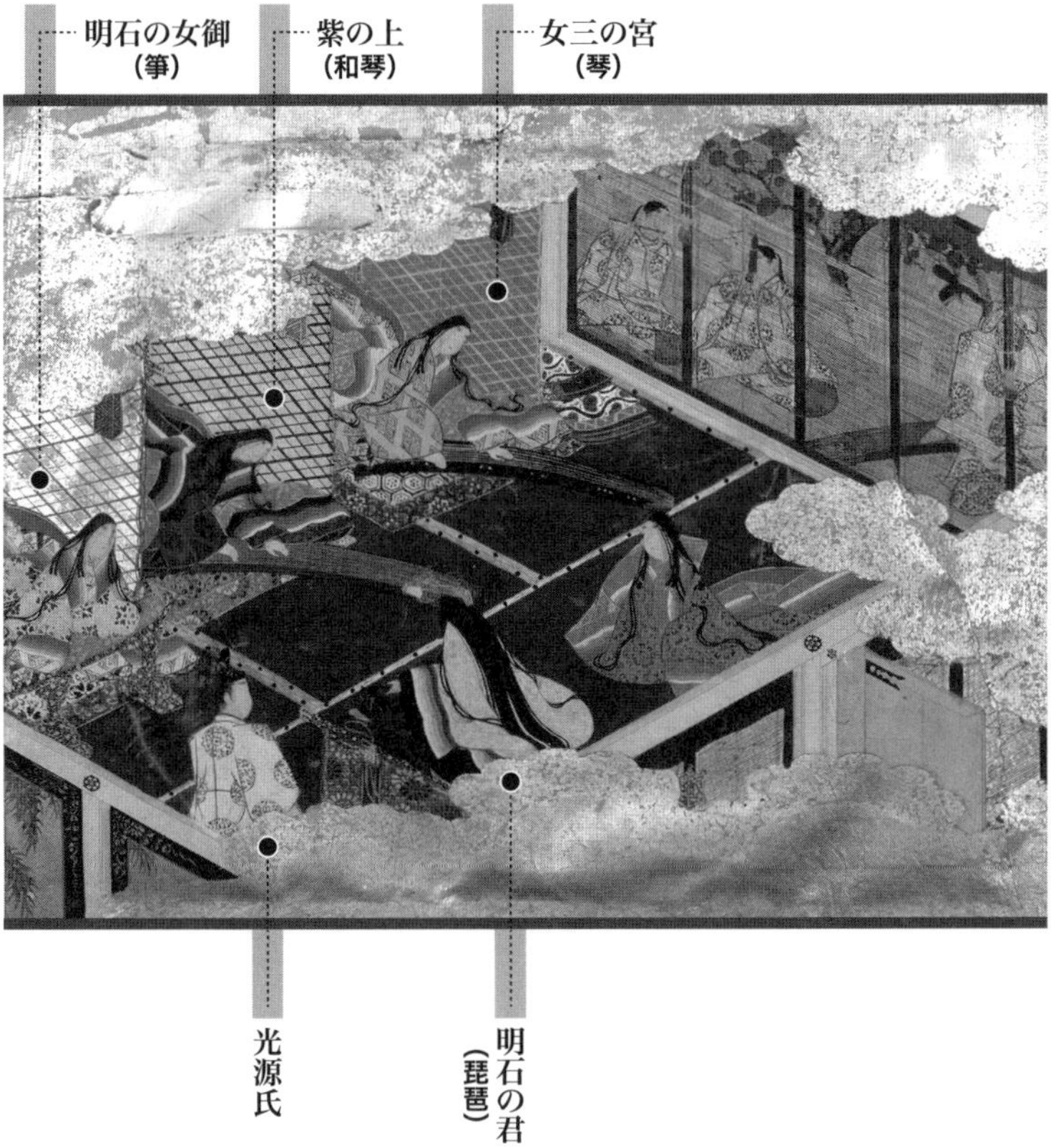

晴らしかったと賞讃します。光源氏も、もちろん紫の上の演奏が素晴らしいことは感じているのですが、それよりも、あれほど拙《つたな》かった女三の宮が自分の指導によってあそこまで伸びたことに、より一層感動していました。その夜、自己陶酔した源氏は、紫の上に向かって「女三の宮はあのむずかしい楽器をよくやった」と繰り返し発言してしまうのです。

まさにその翌日、紫の上は発病します。積年の心労が女楽を契機としてどっと噴出したのでしょう。以後、病は長引き、なかなかよくなりませんでした。

そうなると光源氏も大あわてで、今度は紫の上に付ききりになります。それまでは、帝や朱雀院の思し召しや世間体などが気になって、女三の宮を立てていたのですが、紫の上がよもやの重態ならば、体面などはどうでもよいと、すべてを振り捨てて紫の上の看病に付ききりになってしまいます。紫の上が転地療養のために二条院[*2]へ移ってしまうと、光源氏もまた二条院に移り、六条院は火が消えたようにさびしくなってしまいます。二条院とは、自分がかつて若紫の少女だったときに源氏に連れてこられた屋敷で、源氏と初夜を迎え、新婚の輝かしい時代を過ごした思い出の住まいです。源氏も紫の上もその思い出の二条院で久方ぶりの仲むつまじい日々を送ります。こうして、紫の上は病気になったことによって、源氏の愛をつかのま取り戻すのです。

結果的に病気になることによって人の注意を引きつけたり、愛情を獲得したりすることが続くと、そのために病気が治らなかったり、病がぶり返しがちだったりすることがあります。もちろん、紫の上は故意に病気になったわけではありませんから、そんな言い方をするのは酷なのですが、結果的には紫の上の病は回復しないことによって、光源氏を取り戻すことに寄与しているのです。

紫の上は、自分で自分の位を上げることもできないし、若返ることもできません。今さら子供も望めません。他にどうすることもできないときに発病し、病を長引かせ、その結果、源氏との昔の夫婦仲を取り戻したわけですが、そのことは、紫の上の体力と回復力を次第に奪っていきます。

紫の上の病は、光源氏の生活の平穏を脅やかすと同時に、もう一つの不幸の引き金を引くことになります。光源氏が紫の上に付きっきりになっているその留守中に、重大事件が起こるのです。

## 因果はめぐる

それは、頭中将《とうのちゅうじょう》（太政大臣）の息子の柏木《かしわぎ》が女三の宮に横恋慕したことがきっかけでした。六条院の蹴鞠《けまり》の折に女三の宮の姿を垣間見た柏木は、その美しさにすっかり心奪われ、女房に手引きを頼み、強引にしのびこんで自分のものにしてしまったのです。心弱い女三の宮は柏木を拒みきれず、その後もぐずぐずと関係を継続させます。その結果、懐妊してしまうのですが、この恐ろしい事実を、光源氏は女三の宮が褥《しとね》の下に置き忘れた柏木の手紙によって知ります。まさにそれは、二十五年以上の昔、源氏が父・桐壺帝を裏切って藤壺との間に起こした事件のしっぺ返しでした。

当時の源氏は、人に言えぬ罪の苦しみを味わったものの、実際に報いを受けたわけではありませんでした。生まれた子はあくまでも父の皇子として育てられ、やがて帝位に就いて、むしろ源氏に大きな繁栄と幸福をもたらしてくれました。今になってその報いがやってきたのです。源氏は、父・桐壺帝もまた、妻・藤壺と息子・光源氏の過ちを知っていながら知らぬ顔を貫いてくれていたのではないかとさえ考えます。そうだとしたら、自分はなんと恐ろしい罪を犯したのだろうと光源氏は今さらながら愕然とします。

これが『源氏物語』の第二部で問い直されるべきもう一つの問題です。妻が犯した不義密通を許すことができるか。そして、自分の子でない子を自分の子として受け入れることができるか――。自分が若き日に犯したことが刃《やいば》となって、自分の喉元に突きつけられているのです。

この事件は、女三の宮との間に決定的な亀裂を入れました。光源氏は、口では自分はもう老人だなどと言いながら、実はまだまだ現役だと思っていたのです。ですから、子供ができたと知らされて、ちょっとおかしいなと思いつつも喜んでいた。ところが、その子は自分の子ではなく、柏木の子だった。この恐るべき現実を突きつけられて初めて、自分はもはや舞台から降りるべき人間なのかと実感するのです。

腹立たしいことに、よく考えてみれば、五十歳近い源氏よりも、女三の宮には三十代の柏木のほうが当然釣り合っています。実際には、女三の宮は柏木よりもむしろ光源氏のほうが好きだったのだと私は思いますが、源氏は自分が老人だから若い者に疎外され、バカにされたのだとひがみ根性を抱き、いらだちを隠せずに紫の上のところに戻ります。しかし、女三の宮の体面、何より自分自身の体面を考えて、その怒りを吐き出すことはできません。まさか自分の留守中に女三の宮を柏木に寝取られてしまったなどとは言えませんから、口には出せないまま無性にイライラとしています。その様子を見た紫の上は、私のためを考えて表面上いたわりを見せてはいても、本当は女三の宮も心配で、イライラしているのではないかと思い始め、「私のことは気にしなくていいですから六条院へお戻りください」などと言ってしまいます。こうして、やっと結び直された二人の信頼が、またあえなくほどけていくのです。

やがて女三の宮は男の子（薫《かおる》）を産みますが、源氏が折々に棘《とげ》のある物言いをしたりするので、耐えかねて出家したいと言い出します。源氏は驚いて押しとどめますが、女三の宮の決意は思いがけなく堅固で、頑として応じません。彼女に哀訴された朱雀院までもが加勢して、女三の宮は本当に出家してしまいます。朱雀院は娘の結婚生活が予想したようには幸福でなかったことを見てとり、出家させてやることが、弱り切った娘を救う唯一の方法だと判断したのです。

それまで女三の宮という人物は、幼くはかなく頼りなく、自分の意志などないような女性として描かれてきました。朱雀院も同じく、柔弱で線の細い人物として描かれてきました。ところが、ここへ来てその二人ともが、それまでにない毅然《きぜん》とした態度をもって出家をやめさせようと迫る光源氏を跳ね返すのです。その覚悟の前にたじたじとなったのは源氏のほうでした。今まで弱いと思われていた人物（女三の宮と朱雀院）が案外強く、強かったと思う人（光源氏）が意外にもろかったという逆転現象が起こるのです。

このとき、またしても「もののけ」が持ち出されます。相手の思わぬ手強さに驚いた光源氏は、女三の宮が出家する気になったのはもののけの仕業だと考えるのです。第2章で述べた六条御息所の怨霊もそうですが、光源氏のもののけ観は、責任回避の心理に拠っているところが大いにあります。ここでは、自分の責任を問わないで、別の〈もの〉のせいにしようとする心理から、もののけが持ち出されています。

女三の宮は、事態に真正面から当たっていこうとしています。許されない相手と密通して子供を産んだのはあくまでも自分のせいである。今となってはもう光源氏の妻ではいられない。だから源氏のもとを離れ、尼となって反省しようとしています。朱雀院も、ことの真相はよく知らないまでも、意志の弱かった娘がそこまで言うならば深い理由があるに違いなく、ここは本人の意志を通させてやろうと、出家に賛成する。二人とも、もののけに頼ることはありません。

これに対して、光源氏は、あんなにも気が弱く、あんなにも頼りなかった人が自己主張したというだけで、もう信じられないのです。何かが取り憑いているとしか思えない。そこに、それまでには見られなかった光源氏のもろさ、弱さがくっきりと出てきています。強そうな光源氏は虚勢を張っていたのであり、弱かった人びとはありのままをさらけ出して生きてきたのだと改めて示されます。

『源氏物語』においてもののけは非常に効果的に使われているのですが、物語が進むほどにもののけの存在を否定し、もののけに責任転嫁せず問題の正面から向き合う登場人物が増えていきます。ところが源氏は最後まで問題を自分のものとして引き受けようとせず、もののけのせいにしたがる「もののけ責任転嫁派」として描かれます。

追いつめられながらギリギリのところで身を保とうとし、苦闘する紫の上や女三の宮などと違って、権力者光源氏はある意味で弱虫で自分の立場を守ることに汲々として、他者に責任を転嫁しがちなのです。ここには輝きの感じられない、中年以降の光源氏の姿が見られます。

## 他者からのまなざし

『源氏物語』の第二部を見ていくと、その特徴として、語り手の視点の変化があげられます。第一部ではすべて源氏中心の視点から物事が語られ、物語が進行しますが、第二部は源氏以外の人びとの視点をちりばめて語られているのです。

たとえば、「若菜」の帖は朱雀院の話から、「柏木」の帖は柏木の述懐から、「横笛《よこぶえ》」の帖は柏木の死から、「鈴虫《すずむし》」の帖は女三の宮の出家から、「夕霧」の帖は夕霧の話から、「御法《みのり》」の帖は紫の上の病から、「幻《まぼろし》」の帖は紫の上を失った源氏の悲嘆から始まります。このような多視点的で、多層的な物語のありかたを、「多声的」とか「ポリフォニー」といいます。ドストエフスキーの作品と共通するものだと指摘されています。

ある場面では朱雀院の立場がとうとうと語られ、ある場面では紫の上の心中が延々と述べられ、ある場面では女三の宮や柏木の苦悩が綴られる——。これは、もはや物語の主人公は光源氏だけではないということを意味しています。もちろん型通りの主人公は源氏ですが、それはかつてのようなすべての人の想いを集約する光源氏ではありません。光源氏はもはや物語の焦点人物でなく、多くの人びとのまなざしにさらされ、裁かれる存在となってきたのです。

第二部は、物語としては暗く重すぎるかもしれませんが、私自身、『源氏物語』を読んでいて、本当にすごいと感じ入ったのは「若菜」の帖あたりからでした。ここにはもはや上昇気流の高揚感はなく、あるのは息詰まるような重さばかりなのですが、それだけに真に迫ってくるものがあります。

第一部の終わりの「藤裏葉」のあたりの「めでたしめでたし」には、なにか少し焦って書いているような雰囲気があります。もう少しゆっくり、たっぷりと物語のクライマックスを楽しんで書いてもいいのに、書き急いでいる感じがするのです。これは想像ですが、そのときすでに第二部の構想が紫式部の中にできていたため、早く終わらせて次にいきたかったのではないでしょうか。これこそ書きたいという思いがフツフツと湧いて、クライマックスに酔えなかったのでしょう。

それほどの思いを溜めて書き継がれた第二部は「生老病死」、つまり、生きることの苦悩、老いていく恐怖、病の辛さ、そして愛する人との死別でした。それらが次々に、これでもかというほどに襲いかかってきて、それまで光り輝いていた光源氏の人生が陰っていくのです。

普通の人のように傷つき、つまずき、それでもやはり「光源氏ブランド」のようなものを維持しようともがいている源氏の姿も見えます。読んでいる私たちががっかりするような源氏の姿が見えてきて、それによって、理想的に思えた源氏もやはり普通の人間であったのだということを、私たちは知ります。かつての光源氏の鉄壁の守りの世界が、時間の経過とともに次の世代の人びとによって蚕食《さんしょく》され、どんどん内部が空洞化していくような感じで描かれるのです。

従来の物語は、お姫様がさまざまな障害を乗り越えてどんな素敵な人とめぐり会って結ばれるかというのが、基本的なテーマでしたが、『源氏物語』のテーマはそうではありません。結ばれたことはめでたしめでたしで終わらず、さらなる問題を派生させていきます。第二部は、よい結婚をすることが目標ではなく、結婚した後に長く連れ添う関係の中で、愛は冷めるのか、維持されるのか、変わるのか、といった愛の持続をめぐっての答えのない問いを投げかけるものでした。

変わらぬ愛情――ということはどんな素敵な関係でもあり得ず、信頼感も絆も時の中で揺らぎ、移ろい、変化し、失われる。それでもどうにか保たせようと努力しても、次第に色あせてしまうという冷酷な事実を書いているのです。

第二部の光源氏が味わうような挫折感は、おそらく中年にさしかかった方が多かれ少なかれ経験することだと思います。中年クライシス（危機）です。ずっとそれ以前から問題はひそかに始まっていたのでしょうが、若さというものが持っているエネルギーに隠されて見えなかっただけなのです。それが、老いというものに気がつかされると、急にありありと見えてきて、一つの歯車が狂うとすべてがうまくいかなくなるように負のスパイラルを描いて崩れ始める――。

そういった深刻な変化が光源氏のような理想的な人物にも起こるのだと、あえて描いて見せたからこそ、『源氏物語』は素晴らしいのです。病に逃げ、孫育てに逃げ、出家に逃げようとする紫の上も、その「老い」をまぬがれ得てはいません。理想的な男女として設定され、愛し合っていたはずだった光源氏と紫の上が、紫の上の死別という最期の瞬間にも互いに向き合えていないもどかしい姿を描くことで、『源氏物語』は愛のむずかしさを訴えようとしているのです。

カルチャーセンターなどで中高年の方にお話をすると、みなさん人生はきれいごとではいかないことをご存じですから、そのあたりにたいへん共感されます。第一部と違う人生の重みが、第二部には描かれているのです。これも物語が長い時間を抱えることがもたらした手応えなのでしょう。

**＊1　尚侍**

後宮の内侍司の長官で、女官の最高位。定員二名で、多くは大臣・公卿など上級貴族が選ばれる。女官はあくまでも職員で妃とは区別されるが、少数だが尚侍から寵愛を得て妃待遇された者が花山・一条朝に見える。

**＊2　二条院**

桐壺更衣が亡くなった二条の殿（里邸）を改築した光源氏の居邸。元服・結婚後の源氏は、三十五歳で新築の六条院に移るまで二十年以上をここで暮らした。

# 第4章——夢を見られない若者たち

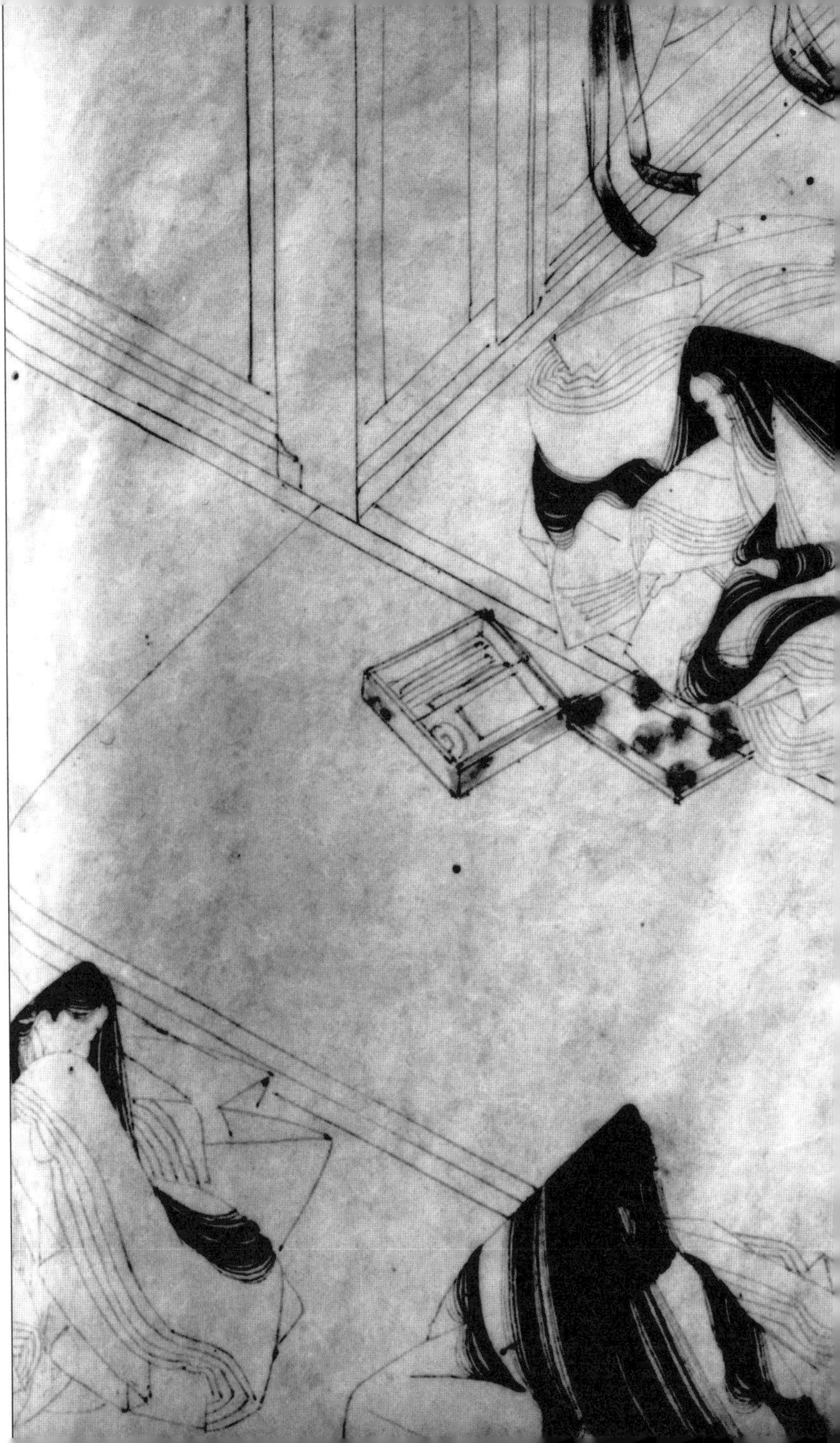

## 光隠れたまひにし後

『源氏物語』の第三部は、光源氏の死から八年後に始まる子供や孫たちの話に移ります。もともと『源氏物語』は光源氏を主人公として始まったのですから、死後のことを書く必然性はありません。光源氏の死をもって終わりにしてもよかったのです。にもかかわらず、書き継がれたということは、紫式部によほど書きたいことがあったからだと思われます。もちろん、続編を望む読者からの要請もあったでしょうが、やはり、いちばんの理由は、あれだけの正編を書いてなお作者の中に書き足りないことがあったからではないでしょうか。それは何だったのかを、この章では考えてみたいと思います。

第三部の構成は、まず「匂宮《におうみや》三帖」[*1]と呼ばれる三帖があり（「匂宮」「紅梅《こうばい》」「竹河《たけかわ》」）、その後に「宇治十帖」と呼ばれる「橋姫《はしひめ》」以降の十帖があります。「匂宮三帖」は断片的で消化不良の感じがあります。おそらく紫式部にとっても試行錯誤で、光源氏や、頭中将、鬚黒といったかつての登場人物の子孫たちが繰り広げる物語を書いてみたのですが、どうしてもうまく物語が展開しない。そこでもう一回仕切り直して、舞台を宇治というところに変えてみたら非常にうまく動いていき、「宇治十帖」が生まれたということなのでしょう。

「宇治十帖」は、登場人物の魅力もさることながら、物語としての仕掛けがとても上手にできています。物語にちりばめられた事件や出来事が実に見事に結び合って有機的につながっていて、読んでいると物語の世界にぐいぐい引き込まれていきます。私は『源氏物語』の中でも「宇治十帖」がもっとも好きなのですが、研究者や作家にも同じことをおっしゃる方が多いようです。

さて、第三部は、それまでの光源氏に代わって、新しい二人の貴公子を主人公として始まります。光源氏と女三の宮の子（実は柏木と女三の宮の子）である薫の君と、光源氏の孫で今上帝と明石の中宮の子である匂宮の二人です。

彼らの登場場面を、第三部冒頭の「匂宮」から見てみましょう。

**光隠れたまひにし後《のち》、かの御影にたちつぎたまふべき人、そこらの御末々にありがたかりけり。遜位《おりゐ》の帝《みかど》をかけたてまつらんはかたじけなし、当代《たうだい》の三の宮、その同じ殿《おとど》にて生《お》ひ出《い》でたまひし宮の若君と、この二《ふた》ところなんとりどりにきよ**

**■薫と匂宮**

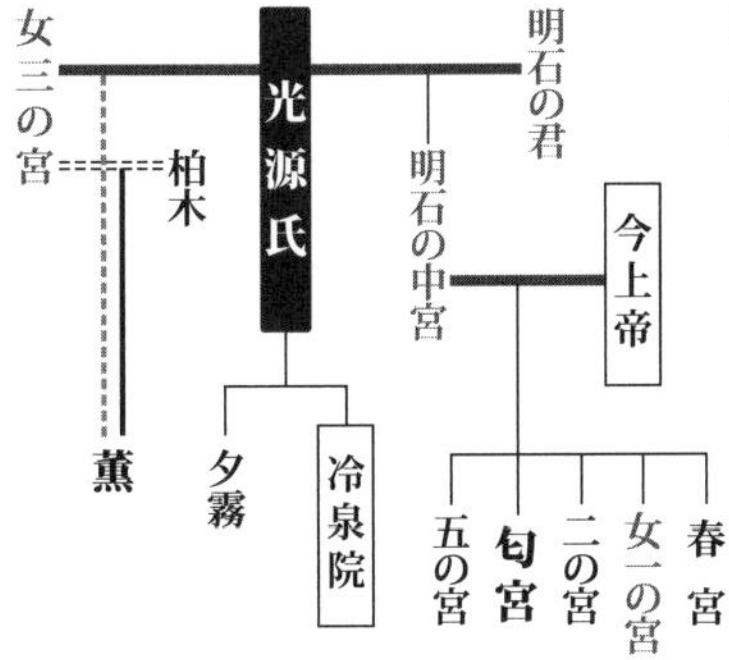

**らなる御名とりたまひて、げにいとなべてならぬ御ありさまどもなれど、いとまばゆき際《きは》にはおはせざるべし。**（「匂宮」）

光源氏が亡くなった後、その「光」を継いだ人はついにいなかった、とあります。しいていえば孫の匂宮と、子の薫の二人が美しいとして世間の評判をとっていたけれども、この人たちは「いとまばゆき際」ではない。つまり、光源氏のような見るもまぶしい光り輝く人ではない。生まれも育ちもよく、抜きん出てはいるけれども、要するに「普通の人」であり、「凡庸な人」であって、たいした存在ではなかった、というのです。これは、かつて光源氏が登場したときの、超越的な説明のなされ方とはまったく違うことに、まず注目していただきたいと思います。

## 自分の存在に疑問を持つ薫の君

光り輝いていない「普通の人」である主人公たち……。そう言われると、身も蓋《ふた》もない感じがしますが、彼らはどのような人たちだったのか、もう少し見てみましょう。

まず、薫の特徴を見てみると、生まれがよく、まじめで礼儀正しくはあるのですが、どこか陰がある。性格は優柔不断であいまいです。そうした薫の人柄は自分の出生に対する疑惑に端を発していると物語は描いています。

**幼心地《をさなごこち》にほの聞きたまひしことの、をりをりいぶかしうおぼつかなう思ひわたれど、問ふべき人もなし。**（「匂宮」）

薫には幼い頃から自分の出生についてほのかに抱いている疑惑があった。しかし、いったい誰に真相を聞いたらいいのかわからない、とあります。口に出すのも憚られて、薫は一人胸の中にたたみこんでいるのです。

**……独りごたれたまひける。**
**おぼつかな誰に問はましいかにしてはじめもはても知らぬわが身ぞ**
**答《いら》ふべき人もなし。**（「匂宮」）

自分が誰だかわからない。「僕って何」というアイデンティティ・クライシス（自己存在の危機）です。「はじめもはても知らぬ」、生まれもわからなければ、これからどうなるのかもわからない。薫は、そんなおぼろげな人物なのです。しかし、真相を知りたいと思う一方で、自分が不義の子であることがはっきりしてしまうこともこわいのです。

もし真実が明らかになり、それが世間にばれたら、今まで光源氏の息子としてもてはやされてきたすべてを失うことになるかもしれない、と薫はおびえてもいます。これは、「将来は天皇に等しき位まで栄達する」と高麗の人相見に予言され、その予言のとおり頂点を目指し挑戦を続け、予言を実現させていった光源氏とは対照的です。

正体がわからぬ父をめぐって、彼はいつも不安を抱え、足元をすくわれかねない事実におびえ続けます。その一方で彼の出世はきわめて順調で、なんの努力もせず栄達への道が開かれているのです。その恵まれすぎた境遇に満足できず、彼は不遇のうちに世捨て人のように生きる八《はち》の宮《みや》に魅かれていくのです。

## 光源氏の反世界を描く

「宇治十帖」の世界は、その名のとおり、京の南郊の土地である宇治を軸として展開されます。当時の宇治は初瀬寺参詣の通り路として知られ、厭世家が住む隠れ里、別荘地と考えられていました。藤原道長が河原左大臣《かわらのさだいじん》（源　融《みなもとのとおる》）＊2の別荘の跡を買ったのは長徳四年（九九八）です。「我が庵《いほ》は都のたつみしかぞすむ世をうぢ山と人はいふなり」と百人一首の喜撰《きせん》法師に歌われたように、紫式部の頃にはすでに宇治には都の生活に倦《う》んだ人や、現世を厭《いと》うた人が隠棲する場所というイメージができあがっていたようです。この十帖は光源氏の向こう側の世界、あるいは反対側の世界を描いています。

そもそも宇治が舞台として登場してきたのは、光源氏の異母弟に八の宮という人がいて、政争に敗れてこの地に隠棲したという設定に拠っています。かつて朱雀帝の後継者を決めるとき、弘徽殿大后方は光源氏の子である東宮（後の冷泉帝）を廃して八の宮を担ぎ、新しく東宮に立てて勢力奪還をはかろうとしたことがありました。ちょうど源氏が失脚して須磨に退去していた頃です。そのままいけば、ひょっとすると八の宮が次期帝になっていた可能性もあったということになります。

しかし、源氏が都に戻って再び威勢を取り戻し、冷泉帝が即位したため、八の宮が浮かびあがる可能性はなくなりました。彼はただ利用されただけだったのですが、その結果、光源氏ににらまれて辛い思いをさせられ続けました。この一件で陰謀や駆け引きが渦巻く中央の政界にほとほと嫌気がさしてしまい、北の方も亡くなり、京の邸も焼けてしまったので、宇治に退去し、残された娘を育てながら仏に帰依して余生を静かに送ることを決めるのです。

こうして見ると、正編には「光源氏―京―政治権力の中心―光の世界」という一つの構図があるのに対して、「宇治十帖」には「八の宮―宇治―仏道精進の場―陰の世界」といった構図があることがわかります。

この八の宮という人の存在を知った薫は、この人の生き方こそ自分が目指すべきものだ、教えを乞うべき父親のような存在だ、と思って接近していきます。それは、光源氏的な世界に背を向け、その光源氏から疎外されていた八の宮に心を寄せていく、という志向を示しています。

八の宮には、亡き北《きた》の方《かた》との間にもうけた大君《おおいぎみ》と中《なか》の君《きみ》という二人の娘がいて、父娘そろってむつまじく暮らしていました。この他にもう一人、亡き北の方の姪との間にもうけた浮舟《うきふね》という娘がいて、後に登場してきます。

## 空まわりする薫の恋

薫は京ではほとんど恋愛らしい恋愛をせず、宇治で初めて八の宮の娘たちにアプローチをするのですが、それはなぜかというと、もし自分が光源氏の子でなかったら失脚するかもしれず、それに相手の女性まで巻き込みたくないという配慮から、深いつきあいを避けていたのです。しかし、八の宮たちはもともと光源氏に退けられていた人たちなので、そんな心配をせずともよいと思ったのでしょう。彼らなら、自分が光源氏の本当

## 宇治十帖構成図

光源氏の生涯と違って、八の宮・大君はひたすら下降線をたどり、
中の君の将来に復活の可能性がひそめられている

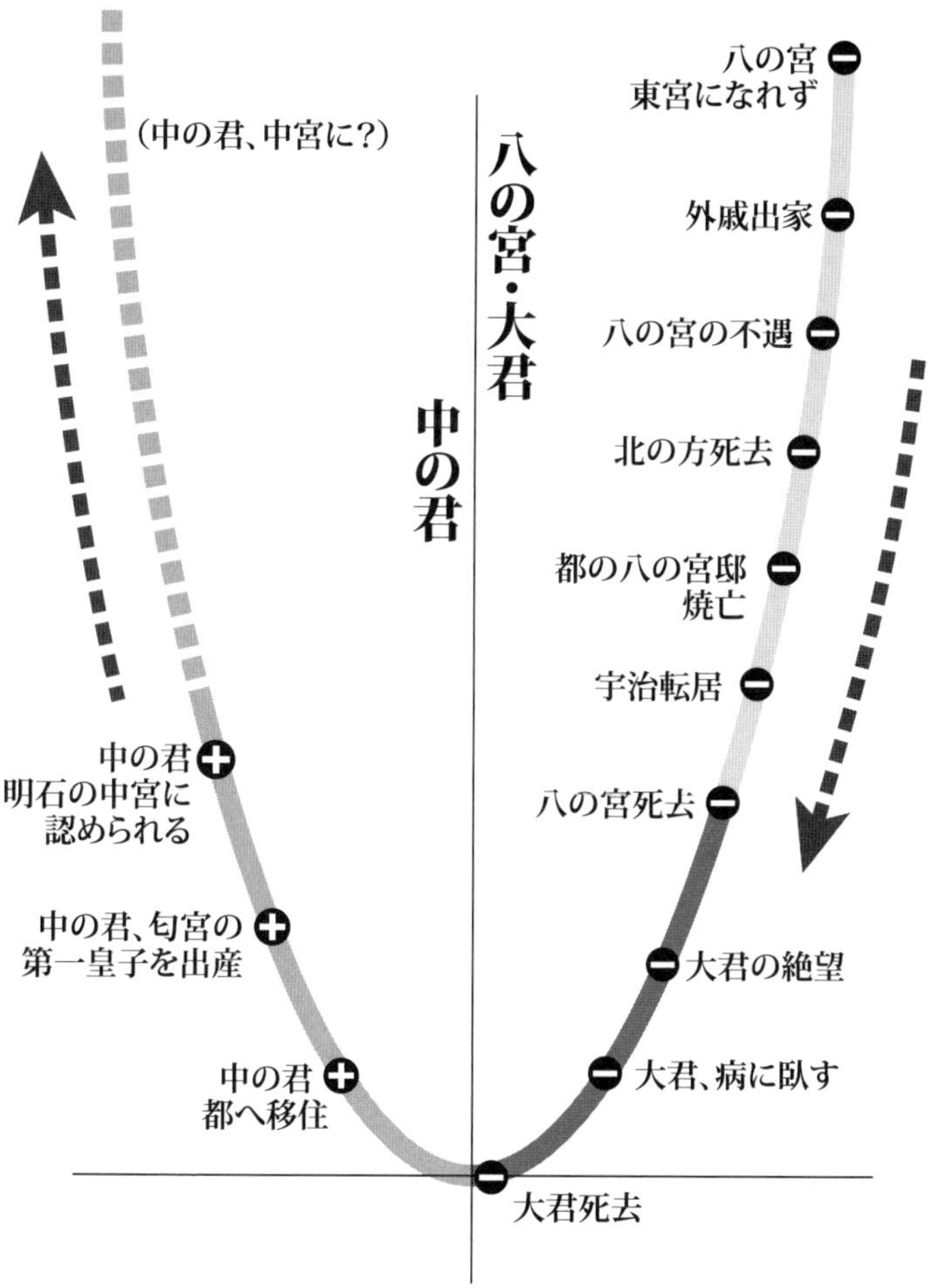

の子でないということになっても、支障をきたさずに関係を続けられるに違いない——と考えたのです。

彼の宇治通いの表向きの理由は、八の宮の娘たちに関心があることではなく、仏の教えを求めにいくことですから、彼女たちに惹かれながらも、なかなか正面切ってアプローチすることができません。そうこうするうちに、八の宮は病を得て亡くなってしまいます。そうなったら、もう誰に遠慮するでもなく、娘たちへの想いを表明して押していけばいいのですが、今までかたぶつで通してきた手前もあって、なかなか深い関係になれないのです。

薫は姉妹のうちでも姉の大君により惹かれるのですが、大君もたいへんまじめな女性で、父親の「つまらぬ男にだまされてはいけない。そうなるくらいなら、おまえたちはこの宇治で生涯を終えなさい」という遺訓をまともに受け取って、薫が求愛してきても、「妹のほうがふさわしいでしょう」などと言って拒んでしまいます。この時代の結婚は現代のような自由恋愛ではなく、女性方が相手を婿取り、経済的に支援することが原則であったので、大君自身が結婚してしまっては世話する人がなくなってしまうからと、妹と結婚させ、自分が世話しようとしたのです。それほど大君にとっては対等の結婚が大事だったのです。

零落した宮家の姫君として、大君は対等で正式な結婚にこだわりますが、それはそもそも無理な願いでした。

薫は拒絶する大君の姿勢に遠慮して自分の思いをしっかり伝えることができません。プレゼントなど実用的なものを贈るのはたいへん熱心なのですが、肝心の相手の心を溶かしていくのは苦手で、いざとなると尻ごみしてしまうのです。薫は妹の中の君を匂宮と結婚させれば、大君は自然と自分のもとに来るのではと計算しましたが、中の君が匂宮と結婚した後も大君は薫になびかず、かえって妹の結婚が対等なものにならなかったことにこだわって悲観し、拒食の状態で亡くなってしまいます。

■浮舟

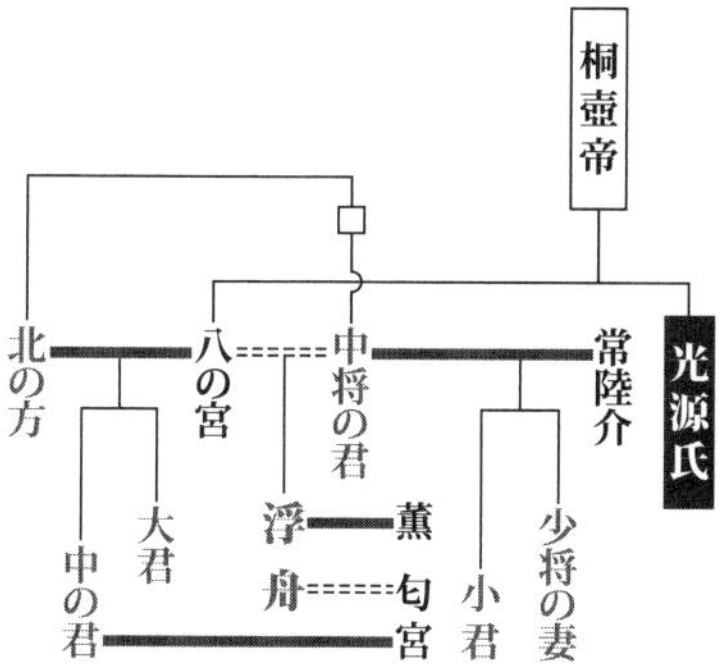


## 形代・浮舟の登場

失意の日々を送る薫の目の前に、亡くなった大君の身代わりのような女性が現れます。これが八の宮の三人目の娘、浮舟でした。

母親が女房と身分が低かった浮舟は、大君そっくりの容姿をしています。薫は浮舟を大君の代わりに宇治に据えて、大君恋しさの慰めとしてきましたが、浮舟の存在を知った匂宮は、薫の留守をうかがって浮舟のもとに通い、浮舟の心をとらえてしまいます。煮え切らない薫と、後先見ずに押してくる匂宮の間に挟まれて三角関係に苦悩することになる、『源氏物語』最後のヒロインです。

ここで注目していただきたいのは、薫が「独りごたれたまひける」、つまり独り言をつぶやいていることで、数えてみると「宇治十帖」の中で九回も独りごちています。誰かに何かを伝えようとする前向きのエネルギーがなく、いつもつぶやくしかない。歌も「独詠」といって、誰とも交流しないつぶやく和歌を十八首も作っています。歌というのは基本的に誰かとやりとりするためのコミュニケーション・ツールですから、薫のこうした閉じこもりがちな内省的な態度は、正編の登場人物とは大きく異なっています。

これは薫の性格をよく象徴していて、大君や浮舟のように好きな人ができてもストレートに自分の思いを訴えず、独り言をつぶやくようにほのめかすにとどまっています。すると、まわりの女房などがそれを聞いて中継ぎをしてあげる、という具合に事態が進行するのです。何かぼそぼそとつぶやくと、たまに答えてくれる人がいるという、いわばツイッター的なつぶやき世界が「宇治十帖」では展開されています。では、なぜそうなったのかというと、おおもとにはやはり出生の疑惑があって、幼い頃から絶えずその不安を持ってきたために、結果的に思いきり物事に当たっていけない人格ができあがってしまったといえます。そして又、父柏木の失敗も彼の足を縛っています。情熱にまかせて恋愛し、ひたすら空転して死に至ってしまった父の轍を踏まないように、彼は努めて慎重に振舞い、行動をためらってしまうのです。

彼は生まれつき体からえもいわれぬよい香りが漂っていて、「薫の君」とあだ名されましたが、光源氏のように視覚的に圧倒的な美しさを持つのではなく、感覚的でおぼろな薫の美質は、「宇治十帖」の世界のあいまいで不透明で主観的な世界を語るものでもありました。

## なんでも薫と張り合う匂宮

その薫と芳香で競い合ったのが、薫の姉（明石の中宮）の子である匂宮です。匂宮は、薫の評判に対抗して人工的な匂いをたきしめさせ、「匂宮」とあだ名されました。この匂宮は明るく、活発な若者です。薫と違って独りでつぶやいたりたたずんだりはせず、思ったことはすぐに実行に移します。だからといって彼が男らしく、行動力があるのかというとそういうわけでもなく、ただ思いつきで行動しているだけで、周囲の人は後始末がたいへんという困ったキャラクターでもあります。自分のやりたいことだけやって、後は知らないと放置している、思慮分別のないお坊ちゃまとして描かれています。

また、彼の大きな特徴としていえるのは、「薫コンプレックス」です。匂宮の意識の中にはいつも薫の存在があって、薫に勝ちたい、という欲望があるのです。彼のあだ名である「匂宮」というのも、生まれつきよい香りを持っている薫に対抗していつもきつく香《こう》をたきしめているので、そう呼ばれるようになりました。このように、やや幼稚なところがあります。

匂いだけならまだしも、始末におえないのは、女性に関しても薫と張り合うことです。薫が執着している中の君に夢中になり、さらに、薫が愛している浮舟も強引に奪ってしまいます。匂宮の正妻となった六《ろく》の君《きみ》は、美人で家柄がよくて頭もよくて言うことがない女性であるのに、薫が関心を示さないので匂宮は自分も興味がわきません。要するに、彼は薫が求めているものが欲しいのです。薫に競い、これに打ち勝ちたいというのが彼の主たる行動原理となっているのです。

幼稚という意味でもう一ついうと、両親から溺愛された匂宮は全然親離れができていません。親である今上帝と明石の中宮の意向にいつも縛られているのです。

時には、お蚕《かいこ》が繭《まゆ》の中にくるまれているようで、うっとうしくて仕方がないと自分でも言ったりします。

**親のかふこはところせきものにこそと思すもかたじけなし。**（「浮舟」）

そんなにいやなら、親のことなど無視して自分の思うようにすればいいと思うのですが、結局、「そのうちおまえを天皇にするつもりだから今は身を慎め」などと言う親に、みずから言いなりになっています。もっとも、これは匂宮のほうに非があるばかりでなく、母親の明石の中宮のほうにも問題があって、息子に新しい女性（中の君・浮舟）ができるたびに具合が悪くなって発作を起こし、呼びつけることが重なっていて、子離れができていません。そして匂宮も、そういう場合には母親のほうを優先して、今まで熱心に迫っていた女性をなおざりにしてしまったりするのです。

その傾向は薫にもなきにしもあらずで、後に愛する浮舟が行方不明になって、入水したと思われていたときも、宇治に駆けつけることなく母親（女三の宮）の看病のほうを優先しています。二人の貴公子には、いずれも母親依存が色濃く見られ、自立していないという印象があります。

この「宇治十帖」は、最初から恵まれた状況に生まれ育った、ひ弱な二世・三世たちの物語だということもできそうです。光源氏の場合は皇子の座から臣籍に落とされ、後ろ盾を持たない中で、自分の才能と美貌だけを武器に、そこから這い上がってやるという強い上昇志向がありました。

また右大臣方のような敵対する政治勢力に負けるものかという対抗意識もあって、地方へ一時退去するような憂き目にあってもめげずにがんばり通しましたが、薫や匂宮たちは生まれつきちやほやされて育っていますから、少し困ったことがあるとすぐ折れる、すぐ病気になるなど、人とうまくコミュニケーションできないといった問題があるのでしょう。

紫式部は「宇治十帖」を、天皇をめぐる壮大な野心の物語であった正編とは異なる、身近な問題を扱った家族ドラマとして書こうとしたのです。

## 悩み抜く浮舟

「宇治十帖」の男君たちは、優柔不断だったり、幼稚だったり、要するにぱっとしないのですが、その代わりに、女性たちがとても生き生きしていると感じます。これは、正編で光源氏と関係した女君たちがそれぞれ魅力的だったこととは意味が違って、書き手の紫式部が本当に女性たちの立場に寄り添って、意志を持った女性を書こうとしたからではないでしょうか。

その現れとして、「宇治十帖」の女君たちは、「思ふ」という言葉を、たいへんよく使います。歌の中でも使います。それに対して正編の女君たちは「思ふ」をほとんど使いません。彼女たちは与えられた運命を受け入れることしかできませんが、「宇治十帖」の女君たちは、自分はどう思い、どう生きるのかということを真剣に考え始め、自分の生き方を決めようとする女君なのです。

薫も自分のアイデンティティを求める人物として描かれていましたが、浮舟も父・八の宮から認知されず、母の連れ子として、継父・常陸介《ひたちのすけ》の娘として育った人物です。八の宮の娘として認められず、それでは常陸介の娘として生きてはどうかというと、それもまた拒絶され、居場所がなくなってしまった女性として紹介されます。薫からは愛されますが、それも大君の身代わりとしてです。自分とは何なのか。どう生きたら自分らしく生きることができるのか。彼女もまた薫と同じく自問自答を繰り返していく人物として造形されます。

浮舟が住まわせられた宇治は、彼女の育った関東とはまったく違った所でした。浮舟にとっては、宇治はとくに思い出があるわけでもない、縁もゆかりもないさびしいだけの土地なのですが、薫は大君の身代わりとしてここに住まわせるのです。これは、正編でいうところの光源氏と紫の上の関係に少し似ていますが、紫の上は自分が藤壺の形代であるなどとは自覚していなかったのに対し、浮舟は最初から「あなたは大君の身代わりだ」と言われているようなもの。ですから、浮舟にしてみれば、そこに身を置くことは、本当に愛されているのは自分ではないことを思い知ることでもあり、釈然としませんでした。

そこへもってきて、薫にライバル心を抱き、その動静に目ざとい匂宮が宇治の秘密をかぎつけ、話は大きく展開します。匂宮は夜陰にまぎれて宇治の家に侵入し、強引に浮舟を奪ってしまいます。漆黒の闇の中に立ちこめる香りによって、女房も浮舟も薫かと欺かれ、むざむざと受け入れてしまうのです。

その後も匂宮は薫の留守を狙って浮舟のもとを訪れ、彼女は二股をかけている恐ろしさにおののきます。しかし、自分をどう思ってくれているのかよくわからない薫よりも、激しく行動的な匂宮のほうに、浮舟は惹かれていきます。「これが愛されるということかしら」と思いながら、溺れていくのです。やがて三角関係を気づかれ、どちらを選ぶか選択を迫られたとき、浮舟は悩みます。浮舟は明らかに匂宮のほうに惹かれているのだから、悩まずに匂宮を選べばよい、簡単なことではないかと思いますが、そうもできずに彼女は悩みます。なぜかというと、異母姉である中の君が匂宮の妻だからです。浮舟を娘として生涯認めてくれなかった八の宮や、浮舟を切り捨てた大君と違って、やっとのことで浮舟を妹と認め、好意を見せてくれた中の君です。その姉を裏切り、嫌われるのはいやなのです。

そしてもう一つ、匂宮との関係には未来がないと浮舟は思っているからでもあります。匂宮の性格からすると、今は夢中になってくれていても、すぐに飽きるかもしれない。捨てられたらどうしようと不安なのです。その点、薫は違います。情熱という点では物足りませんが、一切をきちんとお膳立てして、浮舟を京に迎え入れる屋敷も造ってくれ、贈り物も怠りません。妻にした以上は最後まで面倒を見てくれる。そういう人を選んだほうが、母も、乳母も、女房たちも喜ぶのは間違いないのです。みんなを喜ばせる生き方をすべきなのか、それとも今だけのことを考えて自分が好きだと思う人を選べばよいのか、彼女はどうしても決められないのです。その葛藤が、彼女を追い詰めていきます。

悩み苦しみ、いらだつ浮舟の傍らを、宇治川が流れています。その川音は、通奏低音のように物語の中にずっと響いているのです。だんだん雨が多くなってきて、増水していくと、浮舟の心も水嵩《みずかさ》を増していって、ここに流されてしまえばすべてが終わり、楽になれるなどと思い始めます。そして、ついにある夜、川音にいざなわれて、ふらふらと外へ出て行ってしまう……。物語は緊迫の展開を見事に描きます。スリリングな過程をぜひご自分で読んでいただきたいところです。

しかし、死んだと思われた彼女は死んでおらず、倒れているのをたまたま通りかかった僧たちに助けられ、比叡山の麓の小野の里に連れていかれていたのでした。

彼女は精神的なショックから記憶喪失の状態になっていますが、徐々に記憶を回復し、気力も取り戻して、もう一度この世の中で生きていっても三角関係の泥沼に苦しむだけだと考えて、それまでの迷いを断つべく、小野の地で出家します。

その後、薫は浮舟を得度《とくど》させた横川《よかわ》の僧都《そうず》を介してその存命を知り、手紙をよこしますが、浮舟はとまどいながら返事をしようとしません。浮舟は薫か匂宮かで悩み、出家か還俗《げんぞく》かでまた迷い、苦悩の中でどこまでも深く考えていくのです。ある意味では薫以上に真剣に、妥協なく考えます。この痛切さは、常に逃げ場を持っていたお坊ちゃまたちの悩みと一段違って、深いものとなっていたのです。

## そして「書く女」になった

実を言うと、私が『源氏物語』の中でいちばん好きなのが浮舟です。彼女は弱くて、過ちを犯す。過ちを犯して、迷って苦しみ、その苦しみの底から自分の生き方を手探りで見つけてくる——そういう弱くて強い女性だからです。

浮舟はとくに魅力的なわけではありません。ただの女房である母親と受領の娘として、地方で育てられた平凡な女性です。そのような普通の女性が二人の貴公子に挟まれて、動揺しながら、しかし自分はどうすべきなのかということを激しく問いかけていくところに惹かれます。彼女が自分を自分で追い詰めていく過程、そして、いったん死の淵をさまよった命が、若い生命力によってふたたび息を吹き返していく様子を、紫式部は素晴らしい筆致で描いています。

浮舟は迷いを振り切り、新しく生きていくために出家しますが、出家したからといって問題が解決したわけではなく、答えを見つけたわけでもありません。けれども、これから先、また心が揺らぐことがあっても、少なくとも今までのように男に翻弄されるだけの人生はもう送らない。その決意だけははっきりしています。普通で平凡な女性ですが、その手探りで摑み出してきた決断の重みに胸打たれます。

先ほど、薫の歌には全五十七首中十八首と独詠が多いと述べましたが、薫とは違う意味で、浮舟も独詠が多いのです。全部で二十六首あるうちの十一首が独詠です。そのほとんどは入水自殺騒ぎから救われた後に詠まれています。失われていた意識が少しずつ戻ってきて、そのときの自分の思いがよみがえってくる。それを歌にしています。

「宇治十帖」の終わりから二つ目「手習《てならい》」の帖での浮舟は、ずっと机に向かって手習い（書きもの）をしています。机に向かって筆を手に取り、心に映ったことを綴っています。

**身を投げし涙の川のはやき瀬をしがらみかけて誰《たれ》かとどめし**（「手習」）

**限りぞと思ひなりにし世の中をかへすがへすもそむきぬるかな**（「手習」）

こうして自動筆記[*3]のように書いて、それによって、「私はこう考えていた」「私はこうだったのだ」と自分の深層心理に気づく。おそらく、書くことによって浮舟はかなり救われたのではないでしょうか。もちろん、長い苦しみから脱出できたなどとは言いません。それでも、生きていくための手がかりのようなものを見つけたのではないかと、そう思いたい気がします。

これは想像なのですが、このあと手習いばかりしていた浮舟は「書く女」になったのかもしれません。自分の心の中に何があるのだろうと探っていき、それを書く。人生をもう一度生き直すかわりに、物語の中で生きる女になったのではないかと想像したくなります。その姿は、作者・紫式部自身の姿とどこかつながっているような気もします。作者は物語の最後に、みずからの自画像を刻みつけたのではないでしょうか。

いろいろ伝わっている「源氏物語絵」の中には「手習」帖の「浮舟図」というものが何枚も描かれていますが、それらの絵では出家して髪を切った浮舟が机に向かって何かを書いています。それは、石山寺の土佐光起《みつおき》筆の「紫式部画像」のように、後に定型化されることになった、机に向かっている「紫式部画像」（1ページ）とそっくりです。後世の人びとも、書くことによって目覚め始めた浮舟と、作家・紫式部を重ね合わせたのではないかと思うのです。

## 現代とよく似た物語

最後に、紫式部は第三部で何を書きたかったのかを改めて考えてみたいと思います。「宇治十帖」の登場人物に特別な人はいません。光源氏のような超越的な人物は一人もおらず、心が弱かったり、優柔不断だったり、後先見ずであったり、過ちを犯したり、あるいは親離れ子離れができていない相互依存であったり……そんな凡庸な人たちの物語です。なぜ、そのようなぱっとしない人びとが描かれたかというと、一つには最盛期を過ぎて下り坂に向かいつつあった時代の空気を映したからだと思います。

『源氏物語』の執筆期間のうちでも、「宇治十帖」が書かれていたと思われる頃、藤原道長の政権にはすでに陰りのようなものが見えてきて、かつてのような前向きな風潮ではなくなりつつありました。道長の政権についてはいろいろな評価がありますが、よくいわれるのは、前半は摂関政治の頂点をきわめて非常に素晴らしかったけれども、後半は政権が腐敗し、それを映すかのように世の中がかなり乱れていたということです。第1章で当時内裏が繰り返し焼失していたことを申し上げましたが、それも当時の不穏な空気と関係していて、日本史研究者の北山茂夫によると、道長政権の後半期には、都の中の火事の件数は激増していたそうです。これは尋常な数字ではなく、政治に対する不満が「火付け」というかたちで暴発していた時代だったのでしょう。

「宇治十帖」の中でも、薫の住まいである三条の宮が焼けたことが何度か書かれていますし、八の宮の屋敷も火災にあっています。正編では、火事の話は一度として出てきませんから、時代の雰囲気が変わったことの一端を示していると思います。

価値観が変われば、権力とか財力や栄華といったものは空しく映るのであり、華やかな宴も豪奢な宮廷も虚像のように色あせて感じられます。すると、そのような目に見える栄華よりも、形はないけれども、変わることがなく心を救ってくれる信仰のようなもののほうが大事ではないかと思う人が多くなります。

『源氏物語』が書き終えられたのは一〇一〇年前後と考えられていますが、『源氏物語』の続編が書かれた頃、紫式部を取り巻いていたのはそんな傾きつつある時代であって、だからこそ物語の舞台に選ばれるのが宇治であり、理想の人物がしょぼくれた八の宮であり、さえない「普通の人びと」が描かれるようになったのです。

当時の世の中では永承七年（一〇五二）から「末法《まっぽう》」の世が始まると言われていて、人びとの不安はかなり高まっていました。末法とは、釈迦が入滅《にゅうめつ》してから五百年は正しい法が行われ（正法《しょうぼう》）、その後の千年は形式的な法が行われ（像法《ぞうぼう》）、それを過ぎたら法は衰退して滅茶苦茶な世の中になる（末法）という考え方です。これは必ずしも世界標準で言われている思想ではなく、日本の仏教者だけがかなり独自に解釈して宣伝していたことですが、ある意味では、彼らが当時の日本の閉塞状況を敏感にかぎ取って危機感をあおり、仏教への帰依を勧めていたことの表れだともいえます。

時代が下り坂で、宗教への傾きが強くなってくるような状況の中では、前向きに状況を切り開いていくようなヒーローよりも、なかなか先に進むことができず、立ち止まって逡巡《しゅんじゅん》し、つぶやいている人がスタンダードになりつつあったのではないかという気がします。そうした閉塞した時代の風潮から生まれた薫のようなキャラクターの人が、実際に増えていたと思われるのです。

光源氏は将来の展望を描いて、夢を見ましたが、「宇治十帖」の薫や大君は夢を見ません。夢というかたちで将来を見通すことも、先取りすることもできにくくなっていたのです。そのように、夢が見られなくなった時代というものを、「宇治十帖」はよく映しているのではないでしょうか。そして、それは同じようにあまり夢を見なくなった現代とも共通します。『源氏物語』は古典ですが、「古典」とは絶えず新しい意味を生成するテキストだという意味では、現代のテキストでもあるのです。

紫式部は人間というものの本質の部分におもりを下ろし、いちばん深いところをえぐり取るようにして、この大長編の物語を綴りました。そのようにして描かれた、現代の私たちにも通ずる人たちの姿と、そのもがき方をぜひ読んでいただきたいと思います。『源氏物語』は私たちの時代の物語でもあるのですから。

**＊1　正編**

光源氏を主人公とした「幻」（あるいは「雲隠」）までの物語を「正編」、続く宇治の物語を「続編」と分けて称することがある。他に、三部に分けるなど、『源氏物語』は長編なので、便宜上いくつかに分けて見ることがある。

**＊2　源融**

八二二〜八九五。嵯峨天皇の十二番目の皇子。源姓を受け臣籍に下り、左大臣に出世する。六条河原近くに豪奢な別荘を構え、河原左大臣と称された。光源氏のモデルの一人。宇治の別邸も道長に買われた。晩年出家した寺栖《せい》霞《か》観《かん》は光源氏遁世のモデルとされる。

**＊3　自動筆記**

心理学用語で、まるで別の存在が乗り移ったかのように無意識的に文章を書くこと。一九二〇年代にシュールレアリストらによって芸術に取り入れられ、「オートマティスム」とも呼ばれる。

ブックス特別章

# 歌で読み解く源氏物語

源氏物語の魅力は歌に凝縮されています。歌の表現やニュアンスに力点を置いて読んでいくと、源氏物語は筋書だけの理解よりはるかに濃く豊かな世界を表します。源氏物語正編から、物語のありようを深く反映させる歌二十首を選び、歌を解説しながら、物語の奥深さに少しだけ触れてみました。

**1　かぎりとて別るる道の悲しきにいかまほしきは命なりけり**（「桐壺」）

——これが最後とお別れする道が悲しいので、行きたいのは命につながる道なのです——病をこじらせて、重態となり、帝との対面もこれが最後と今生の別れを告げて内裏を退出する桐壺更衣の絶唱。宮廷を穢れに触れさせないため、一人退出する更衣の別れの言葉である。「いかまほしき」には「行く」と「生く」がかかっている。更衣の最期を見届けられないことに絶望する帝のすがるような言葉「限りあらむ道にも後れ先立たじと契らせたまひけるを。さりともうち棄《す》ててはえ行《ゆ》きやらじ」と「限り」「道」「行く」が共通する。帝が言葉で述べた執着を、更衣は歌で返す。多くの言葉を遺すことが難しくなった体力低下のただ中で、絞り出すように発語された言葉が歌であったことに、更衣の思いの凝縮を読み取りたい。「命なりけり」というきりつめられたぎりぎりの詞のうちに、生きることへの執着が匂い立つ。この場面の前後には「限り」という詞が頻出して帝と更衣の仲を引き裂く世間の掟を明示するが、葵の上の死の場面でも、藤壺の死の場面でも「限り」は繰り返されて、物語の主たる諧調を奏でるものとなっていく。限りなく続く哀惜の思いと、それを区切り取る「限り」という社会的制約との葛藤こそ、源氏物語が見つめようとしたテーマであったと考えられよう。

この歌とそれに続く「いとかく思ひたまへましかば（こんなに早くお別れすると思っておりましたら）……」という言いさしの言葉だけが、桐壺更衣の物語中唯一の発語である。圧縮された言葉は、以後の源氏物語の展開を導く。「いとやんごとなき際にはあらぬ」という身分の「限り」から始まって、愛と政治の力学がずれ、きしむ状況それ自体を焦点化する。「限り」に制約されつつ、それに抗って「限り」を越えようとする物語、臣下となった光源氏が「天皇」を目ざす物語がここに始まろうとしているのである。

## 2　心あてにそれかとぞ見る白露の光そへたる夕顔の花（「夕顔」）

五条あたりの家にまつわる蔓草に咲く白い花の名を光源氏に尋ねられて、女が答えた歌。花を載せた扇に書かれていた。扇には手馴らした女の移り香さえも香っていて、男の気を引くそぶりも感じられる。夕顔の花のようにしまりなく笑いかけてくるような雰囲気も漂って、女の境遇が遊女に等しいものに落ちぶれていることを暗示しているのだろう。光源氏の発問にすぐさま歌で答え、扇に書きつけた機転はただものでなく、粗末な家の外見にも合わないことが妙に光源氏を引きつける。歌の意味については諸説があったが、現在では――多分それは夕顔の花なのでしょう。白露のようなあなたさまが光を添えてくださったのは――と解釈することが通説である。「それかとぞ見る」は、以前の説だと「光源氏さまと見る」と解釈されたが、現在では「夕顔の花だと見ます」の意となる。あくまでも花の名を問われて、花の名を答える態である。「心あてに」（よくわからないが）というためらいが冒頭にあるのは、もともとこのような家に住む身分ではなく、下々の花の名に詳しくはないというニュアンスも含んでいる。以後この女は夕顔の女として語られるが、女の本当の名前、身元はついに語られない。名前を打ち明けることが求婚の承認であるという万葉集以来の慣習からすれば、名前を打ち明けない関係はかりそめの関わりを示している。以後、夕顔の花のように、一夜でしぼんでしまう女のはかない運命が辿られるが、夕顔がただ一人残した忘れ形見玉鬘のことを思えば、花に似合わぬ大きな実を結ぶ本性を暗示しているようにも読める。

### 3　見てもまたあふよまれなる夢の中《うち》にやがてまぎるるわが身ともがな（「若紫」）

――こうして逢うことができても次はいつお目にかかれるかもしれないのですから、そのままこの夢のような世界に入り込んでそのまま出てきたくもないわたしなのです――病で里下がりをしていた藤壺の寝所に忍び入った光源氏が感極まって、この夢のような出逢いに溺れたままでいたいと口走る場面。「見る」は男女の関係をいう。「あさましかりし折」（あのあきれた時）の場面に次ぐ二度目の藤壺異常接近場面である。おそらく前回は性行為には至っていなかったのであろう。ここでの体験に光源氏はすべてを忘れて惑乱する。「夢」は伊勢物語の昔男と伊勢斎宮の密通の折にも「夢か現《うつつ》か」と使われたが、源氏物語でこのように繰り返されることによって、以後禁断の逢瀬を表す表徴となって、鎌倉・室町物語まで受け継がれた。「夢の中にまぎるる」とは現実の配慮すべてを棄てることであるから、相手を巻き添えにした不名誉な追放、出家、死を意味していよう。

涙にむせ返って、言葉にもならない歌をつぶやく光源氏をさすがにあわれに思って藤壺も歌を返す。藤壺の方は、「世がたりに人や伝へんたぐひなくうき身を醒《さ》めぬ夢になしても」――たとえすべてを忘れて夢に生きようとしても、大変なスキャンダルにまみれて、後世まで語り継がれてしまうに違いありません――と、溺れることなどできない現実を見据えた歌を返す。妃として生きる藤壺の現実の方が、位浅い若者光源氏よりもはるかに厳しいのである。このすれ違いを抱えた惑乱の夜に、光源氏と藤壺の不義の子冷泉の妊娠がもたらされる。男女の出会いとそれに続く一夜孕みの物語は、古事記・日本書紀以来神話的なものとして、特別な子の誕生を物語る話型である。藤壺と光源氏の逢瀬もそうした選ばれた出会いであり、避けがたい出会いであったことを物語は同時に語ろうとする。

## 4　手に摘《つ》みていつしかも見む紫のねにかよひける野辺《のべ》の若草（「若紫」）

――早く我が手に摘んで自分のものにしてみたいものだ。あの紫の方（藤壺）に見えないところでつながっているこの少女を――北山で若紫の少女を発見し、少女が藤壺のゆかりの人であることを知った光源氏は北山尼君の死後、少女を二条院に引き取り、みずから教育することで、藤壺そっくりの女性に育成しようとする。「野辺の若草」は尼君の歌「生ひ立たむありかも知らぬ若草をおくらす露ぞ消えんそらなき」を踏まえて、少女を表す。言うまでもなく「若紫」巻の巻名にもなった伊勢物語の初段「春日野の若紫の摺り衣しのぶの乱れ限り知られず」を踏まえた表現である。

紫草はもっとも高貴な色である紫の染料を根から採取する草で、花自体は白色小型で目立たない。今は野辺の若草のように目立たないこの少女も、成人すれば、血のつながった藤壺と見紛う女性になるだろう。その日が待ちきれない。とつぶやく光源氏に、少女は「いかなる草のゆかりなるらん」（一体どんな方の関係者だというのでしょう）と不審顔である。

光源氏は母と祖母を喪った少女に、同じく母と祖母を喪った自分自身の愛情に飢えた少年時代を重ねる。あたかもみずからの傷を癒すように、光源氏は少女を不憫がり、同情し、いたわっている。藤壺の身代わりを求めるだけとは言い切れない、やさしさと思いやりがそこには込められているのだが、そのやさしさに心解《ほど》いて、馴れ親しむ「少女の時間」のあやうさもまた、物語は語ろうとする。歌の紫草の「根」は「寝」に通じ、藤壺の身代わりの女を獲得しようとするひそかな欲望がそこに開示される。まだ男女関係に至らない、ままごとのような二人の睦みが、やがて破綻を迎える日が来ることを予告するような光源氏の独詠歌である。

## 5　もの思ふに立ち舞ふべくもあらぬ身の袖うちふりし心知りきや（「紅葉賀」）

――あなたへの思いで、舞を舞うどころではないわたしが、舞の所作のかたちで、袖を振った心をわかりましたか――紅葉賀の試楽で青海波《せいがいは》の舞を舞い、喝采を博した光源氏の見事な舞である。「心知りきや」（僕の心わかったかい）と歌う光源氏は藤壺の答えを激しく求めている。和歌の言葉は敬語を含まない。どのような身分高い人に向けた言葉も、対等の率直な物言いとして放たれていく。あなたのことだけを思って舞を舞ったのです。という訴えに、普段は返事もしない藤壺も珍しく歌を返した。

青海波の舞には大きく袖を振る男波、小さく振る女波の所作があり、波の打ち寄せるさまを模すという。清涼殿の狭い庭で舞を舞う光源氏は、見物する藤壺その人への思いを表すように、激しく袖を振り、思いの「波」を寄せたのだろう。万葉集の額田王《ぬかだのおおきみ》の歌「あかねさす紫野行き標野《しめの》行き野守《のもり》は見ずや君が袖ふる」を挙げるまでもなく、「袖振る」ことは求愛のしぐさである。裏切られた夫桐壺帝の御前で、禁断の思いを込めて袖振る所作がクローズアップされているのである。簾の中で舞を見つめる藤壺はその時妊娠六か月、四月に光源氏が藤壺の閨《ねや》に忍びこんだ結果に違いないと自覚する子を孕んでいる。帝寵はますます盛んだが、そうであるだけに、罪の意識に押しつぶされて、感動を覚えていることを自分自身にすら認めることができない葛藤の中にいる。光源氏の舞姿が、常よりも「光る」と見え、自信たっぷりに、耀いてさえいたのは、夢の告げにより、藤壺の胎内の子がやがて即位して帝となることを確信する光源氏の気負いの故でもあろう。

## 6　袖ぬるるこひぢとかつは知りながら下《お》り立つ田子《たご》のみづからぞうき（「葵」）

——袖を涙で濡らすばかりの関係とわかっていながら、わざわざその泥沼の恋路に踏み込んでいく自分がつらい——「恋路」に「泥」を掛け、「憂き」に「泥」を掛ける。「田子」は田植えの早乙女である。妊娠した葵の上の病状にかまけて、すっかりお留守になった六条御息所から贈られた歌。いまさら光源氏の気を引いてみても、このまま行けば泥沼でしかないのがわかっているのに、それでも突き進み、はまり込んでしまう自分がやりきれない。——左大臣の娘の葵の上に対して、前皇太子の未亡人であり、大臣の娘だった御息所も、光源氏の妻としての格式では負けておらず、むしろどちらが先に光源氏の子を妊娠するかが実質的な「北の方」の座を争う勝負の分かれ目だったのだろう。先に子供を孕んだ葵の上方の安堵と驕りと御息所の口惜しい思いと屈辱がぶつかって、車争いの事件も起こったのである。

「袖ぬるる」の歌は御息所のプライドの高さと、自覚の深さを語りながら、それでも恋の泥沼に踏み込んでしまう自分というものの浅ましさを歌い上げて、源氏物語中随一の歌との評価が高い（鎌倉期の「弘安源氏論義」など）。泥だらけの田に降り立つ「田子」（早乙女）など、洗練された王朝雅びの世界から遠いように感じられるが、稲作国家だった日本の農作のもっとも大切な田植えの日の風俗は、儀礼的な月次《つきなみ》（月ごとの典型的景物を描く）屛風絵などに多く取り上げられた。蜻蛉日記にも「ましてこひぢにおりたてる　あまたの田子は　おのが世々　いかばかりかは　そぼちけむ」の長歌（安和二年六月）の例があって、「こひぢ」「おりたつ」「そぼつ」など、共通語が多い。蜻蛉日記の世界を継承しながら、どこか他人事のようなまなざしを振り切って、まさに当事者として恋の泥沼をうたう御息所の歌には、息苦しい嫉妬のなまなましさを、高度な掛け言葉、縁語の技巧の中に塗り籠めていく技法が光る。御息所が高貴な家柄と品格と境遇を誇れば誇るだけ、そこから踏み出て、光源氏の愛を争う泥沼の葛藤のみじめさも際立つのだろう。

## 7　八百《やほ》よろづ神もあはれと思ふらむ犯せる罪のそれとなければ（「須磨」）

——八百万の神々もわたしを気の毒だと思うだろう。これといって犯した罪があるわけでもないのだから——桐壺院が亡くなると、政治的後ろ盾を失った光源氏は政界でも孤立を深め、すべてにやる気を喪って自暴自棄に陥っていた。その結果のめりこんだ朧月夜の尚侍との関係が暴露されて、朱雀院の寵姫を盗もうとする行為だと指弾された。スキャンダルに巻き込まれ、ありもしない罪を着せられて、官位まで剝奪された。そのままいけば流罪に定められそうになって、都を退去して謹慎生活を送ったのが、畿内の西の端である須磨であった。

どうにかこの苦境を脱しようと、三月上巳の日、海辺で大がかりな禊祓《みそぎはら》いが行われた。その折光源氏が神々の前で言挙げするように歌った歌。「八百万」は「祝詞《のりと》」の冒頭句で、神々へ宛てた言葉を導くもの。「あはれと思ふらむ」には光源氏の寂しさと孤独と不遇への恨みが自己憐憫となって身を包んでいることが知られる。前年来、光源氏の手紙が都でもてはやされるのを嫌って、弘徽殿大后による文通禁止令が出て、都との交流は途絶していた。罪などないのにという光源氏の言葉は、正式の妃ではない朧月夜尚侍との関係は顰蹙《ひんしゅく》を買うものだったかも知れないが、罪には当たらないはずだという自信に裏打ちされている。相手の朧月夜がさして罪に問われた形跡がないのに、なぜ、光源氏だけが罪に問われるのかわからない、という主張に繋がってくる。さらに話題に挙げられた朝顔斎院との密通疑惑などは事実無根であって、全く罪はないのだと光源氏は大きな声で主張したかったに違いない。

しかし、光源氏がこの歌を口にしたとたん一転にわかに掻き曇り、激しい嵐が襲ってくる。あたかも神々が光源氏の無罪の訴えに怒り、断罪するかのような調子であった。おそらく光源氏の胸中に去来するのは藤壺との密通という罪、その関係から生まれた皇子を皇太子に立てて世を欺いている罪だったろう。光源氏の無罪の主張は、疑われている点に関しては間違いなく無罪なのであるが、その裏にはもっと大きい罪が隠されていて、その罪の恐ろしさからは逃れられないことが天変によって示唆される。海辺での禊は単なる儀礼に留まらず、世界を揺るがすような大嵐の持続によって、光源氏の本当の意味での禊祓いを促すように襲いかかってくるのである。

## 8　秋の夜のつきげの駒よわが恋ふる雲居《くもゐ》をかけれ時のまも見ん（「明石」）

須磨の嵐と高潮、落雷に怯え切った光源氏は桐壺院の夢の導きのまま明石の入道の要請を容れ、隣の明石に移り、明石の入道の邸に迎えられる。畿外の地ではあったが、豊かな生活が待っており、ようやく安らぎを得た光源氏に、明石の入道は娘明石の君を取り持とうとする。興味がなくはないものの、田舎育ちの娘に対する軽侮の思いもあって光源氏はなかなか本気になれない。京に残した紫の上への裏切りと思えば気も進まない。ところが明石の入道は優れた教養人で、漢詩文も、歌も作り、とりわけ音楽の無類の名手であることを知ると光源氏の軽蔑は尊敬に変わり、光源氏の母の従兄弟でもあるこの入道への親近感が湧いてくる。住吉の神の導きによって光源氏を迎えたことなど告げられると、光源氏自身神の導きを感じざるを得ない。

明石の君との文通の後に、ようやく気持ちを決めて明石の君の住む岡部の家に向かう源氏は、月に照らされた浜辺の美しい景色を見ながら、京に残した紫の上のことを考えてしまう。——秋の夜の月に照らされた月毛の馬よ。そのまま雲の向こうの紫の上のもとまで駆け続けてほしい。ほんの少しの間でもあの人に会いたいから——光源氏の独り言として洩らされたこの歌は、明石での新しい現実に対応しようとしながら、その一方で紫の上を思う心がこれまで以上に募っているようすを示している。都は無理して駆けつければその夜のうちに到着できる距離にあるが、謹慎の立場にある光源氏はどうしても、その距離を埋めることが叶わない。結果としては目的地である明石の君の所に行かざるをえないのだが、その途上の飛び立つような思いの先走りを語る歌は、明石の君への恋の歌よりはるかに印象的である。

## 9　入日さす峰にたなびく薄雲はもの思ふ袖に色やまがへる（「薄雲」）

――夕日が沈もうとしている峰にかすかにかかっている雲の薄い灰色は、藤壺を喪って喪に服している自分の鈍色《にびいろ》（灰色）の袖に呼応しているようだ――藤壺を喪った光源氏の哀傷歌。誰にも悲しみを見せられず、一人二条院に籠って過去を思い起こす光源氏の目の前に、沈みゆく夕日の赤さと薄い雲のグレーが見える。夕日の光と雲の色の美しさが枕草子の初段や「日は入日、入り果てぬる山の端《は》に、光なほとまりて、あかう見ゆるに、薄黄ばみたる雲のたなびきわたりたる」など、枕草子の「日は」「月は」「雲は」などの段の雲の色を思い起こさせる。かがやく日の宮と呼ばれてきた美貌の后の落日を、この入日の風景は限りなく美しいものとして描きあげた。日の光の叙述でその死を象《かたど》られたのは源氏物語中で藤壺と紫の上の二人だけである。光源氏にとってかけがえのない女性の死は、太陽の消失のように受け止められたのである。

しかし、藤壺の死は単なる美しい思い出で終わるわけではない。共に罪を担ってきてくれた藤壺が亡くなってしまうことで、光源氏はあらたな現実に向き合うことになる。冷泉と光源氏が本当の親子であることをただ一人知っていた藤壺がその重大な秘密を息子冷泉に告白しないまま亡くなったことによって、新しい帝と光源氏を繫ぐ輪が切れてしまったのである。どのように秘密は伝えられていくのか。源氏と冷泉の関係はどのように再構築されるかが問題となっていく。

## 10　とけて寝ぬ寝覚《ねざ》めさびしき冬の夜に結ぼほれつる夢のみじかさ（「朝顔」）

――うちとけて寝ることのない寂しい冬の夜の寝覚めに、しこりのような結ばれた塊をもたらした夢が、そうであるにもかかわらず、こんなにも短く終わってしまうのか

――藤壺の死後、藤壺に次ぐ禁断の女性として、朝顔の姫君に光源氏が今更ながら執着した事件がようやく終わりを告げた夜。月の美しく照らす雪景色の庭を前にして、紫の

上と光源氏がすばらしい女性たちの思い出を語る場面があるが、そこで名前を出された藤壺が光源氏の夢に現れて、光源氏の不用心なおしゃべりを咎《とが》めて、大層恨んでいるようすを見せたのを受けての独詠歌。

光源氏は夢にうなされて、藤壺に答えようとした瞬間に隣で寝ていた紫の上に「どうしたのですか、こんなにうなされて」と声をかけられて、その瞬間目が覚めてしまったのである。「夢のみじかさ」とあるように、夢の中断が悔しく、面影を追い求めて光源氏が一人涙を流し続けているので、紫の上もさすがに不審に思うのだが、その気遣いにも応えず、じっと横になってひたすら藤壺の夢を追い掛け続ける光源氏が詠んだ歌。朝顔の姫君への浮気心を解消し、紫の上の元に戻ってもなお、光源氏の思いが藤壺の夢の面影を求めて彷徨していることを示す。安眠を許さない心の底の動揺が、夢として結晶して、目覚めた後もその動揺が静まらないさまを語っている。

「結ぼほる」という源氏物語に特に多い言葉（二十三例）がここで用いられていることにも注意したい。他の作品、歌などにはほとんど見ることができないこの「結ぼほる」の語は心の中が縺《もつ》れ、乱れて、結び目のようになってしまっていることをいう表現。特に藤壺、六条御息所、柏木などに集中して使われ、「薄雲」「朝顔」の連続する二巻に多い。「薄雲」巻の藤壺の死がもたらした重苦しい罪の意識、スムーズにいかない紫の上との関係修復がここに「結ぼほる」異物感の感覚で捉えられているともいえよう。

## 11　数ならぬみくりやなにのすぢなればうきにしもかく根をとどめけむ（「玉鬘」）

――人数でもない身の上の私は、どんな縁で三稜《みくり》が泥沼に根を下ろすように、つらい世の中に生まれてきたのでしょう――初瀬で右近に発見された玉鬘が光源氏の贈った技巧的な歌「知らずとも尋ねてしらむ三島江に生ふる三稜のすぢは絶えじを」に答えて、さらに技巧をこらして返歌として送った歌。「数ならぬ身」と「三稜」の「み」が掛け言葉、「三稜」と「筋」「泥《うき》」が縁語、「浮き」「憂き」「泥」が掛け言葉という凝った歌である。光源氏の歌が君は僕の縁故者だから人にその関係を聞きなさいとあったのを、光源氏と亡き夕顔との男女関係という微妙な話題には立ち入ることなく、みずからの運命のつらさのみを慨嘆する調子で答えている。掛け言葉、縁語の技法を理解し、それを見事に使いこなすだけでなく、つぼを外して、答えづらい贈歌をいなして見せる技巧においても優れた冴えを見せる。蔓草関連で歌がまとめられているのは夕顔の蔓の関連でもある。

この娘の頭の良さは並々でないと確信させるものであった。光源氏にとっては、夕顔の忘れ形見が初瀬で発見されたというニュースはうれしいものの、その娘が九州育ちの洗練されない娘だったら、引き取ってよいものかどうか、ためらう所があり、それがこのように困難な和歌技巧テストをあえて課した理由であろう。実の娘ならともかく、人の娘をわざわざ引き取ろうとするのであるから、出来のいい娘かどうか試す場面は必須であった。結果として玉鬘はその和歌テストに見事合格して六条院に迎えられることになるのだが、物語は後に玉鬘と同じく頭中将の御落胤として引き取られた近江君の無教養ぶりを誇張したかたちで嘲笑していた（「常夏」）。たとえ血の繋がった娘であっても、生育環境の違う地方出身の娘を引き取るのは勇気が必要で、十分確認を取らずに事態を進めると、とんだ物笑いの種にもなりかねない。光源氏の周到な用意と頭中将の粗忽《そこつ》なあせりが対比されるところでもある。

この歌だけでなく玉鬘の歌には自分の本当のアイデンティティはどこにあるのか、と問いかけるような「根」の歌が繰り返される。「若竹の生ひはじめけむ根をばたづねん」「あやめもわかずなかれけるねの」「なでしこのもとの根ざしをたれかたづねん」「もとの岩根をいのる今日《けふ》かな」――これらの「根」の歌のすべてを通して玉鬘は自己の本当の居場所を求め続ける存在であることを印象づける。

## 12　年月をまつにひかれて経《ふ》る人にけふ鶯《うぐひす》の初音《はつね》きかせよ（「初音」）

――再会のみを祈って待ち過ごし、小松のような姫君の成長を祈り、再会する日ばかりを待ってすごしておりますわたしに、せめて鶯の初音のような姫君の初便りをお聞かせください――「松」に「待つ」が掛けられ、「引く」に小松引きの引きと、心惹かれるの「惹く」が掛けられる。正月の小松引きの行事に合わせておもちゃを贈り、その礼状を求めている。明石の地でうまれた姫君はその後紫の上に引き取られてそこで六条院の東南の町で育ち、そのまま実母のいることなど忘れたまま育っていた。同じ六条院の西北の町で過ごす実母の明石の君は、対面が許されないまま育っていく娘の生育ぶりを、乳母や女房の報告で聞くのみのもどかしい思いを積み重ねている。正月が来て八歳になった娘はさすがに事情も少しはわかる齢になり、読み書きもできるようになったらしいと聞きつけた明石の君は、娘に小松引きの枝を模したおもちゃと、鶯の作り物を贈り、正月の初便りをうながしてみる。決して姫君との対面までは求めないというところに、鄙《ひな》育ちの明石の君の卑下の姿勢がはっきり見えるが、それでも手紙くらいは交わしてもいいのではないかという精一杯の思いの丈《たけ》が込められた手紙だった。

姫君の将来を思って、后として立后されるには、母の身分が低いという欠点はできるだけ早く埋めておく必要がある。そのためには紫の上の養女にしなければならないという光源氏の判断は、当時の一般的な娘を抱えた摂関家の当主の場合よりもかなり厳しい判断だと考えられる。実の母から姫君を引き離そうという光源氏の判断は、かつて更衣の息子として、天皇の位につく機会を閉ざされた光源氏のコンプレックスに由来するこだわりだったのかも知れない。小松引きの松に託し、鶯に託し、姫君の応答をうながす明石の君の手紙は、姫君というよりも、そうあるべき秩序を求めて人情を犠牲にした光源氏の心を揺り動かす。明石の君の心情を見て見ぬふりをしてきた罪深さが改めて思われるような、へりくだりの中に強い思いが込められた便りであった。姫君の返事には「鶯の巣だちし松の根をわすれめや」と、「根」である明石の君の存在を忘れることはないのだという宣言が見える。ここでも、移された植物の「根」のありかが問題とされている。玉鬘の物語と明石姫君の物語は車の両輪のように、養子・養女関係によって作り上げられた六条院という体制の亀裂を、「根」の歌によって浮彫りにしているのである。

## 13　ませのうちに根深くうゑし竹の子のおのが世々にや生ひわかるべき（「胡蝶」）

——この邸の垣根の内にしっかりと根をおろすように植えた竹の子のような娘も、それぞれの人生を生き始めてわたしの手から離れていくのだろうか——玉鬘を養女として引き取り、娘として見事に育てたが、その娘も娘である以上自分のところを巣立っていくのだろうか。自分の妻妾の一人としてこの邸に止めおく気がなければ、それぞれの自立を考えなければならない。玉鬘を囮《おとり》にしてたくさんの求婚者の男たちを集めようという光源氏の計画は、光源氏自身がその罠にかかって玉鬘に異常に執着するようになると、ふしぎな軌跡を描き出すようになる。玉鬘の魅力に囚われながら、自分の年齢、紫の上などこれまでの妻たちとの関係を思えば、これ以上の深入りは避けるべきであるという中年の分別もないわけではない。自縄自縛に陥った光源氏が、玉鬘を自分の「ませ」（垣根）の中に安全に囲おうとしながら、囲い切れない絶望を歌う。光源氏の六条院はそれ自体分割された四つの町によって光源氏の垣根空間をなしているが、玉鬘を巡っては、「ませのうちに」「もとの垣根」「呉竹のませ」と玉鬘の占有を表す垣根・籬《ませ》空間を頻出させる。男の女を囲おうとする欲望と、そこからはみ出ていく女のありようが、これらの言葉によって反芻《はんすう》されるのである。

## 14　独りゐてこがるる胸の苦しきに思ひあまれる炎《ほのほ》とぞ見し（「真木柱」）

――独り残されて胸を焦がしている時間があまりに苦しいので、思い余ってつい外に出てしまった炎なのでしょう――香をたく「火取」に「独り」を掛け、「火取」「焦げ」「火」「炎」の縁語、「思ひ」に「火」、香の焦げと「焦がるる」思いを掛けた技巧的な歌。鬚黒に仕える木工《もく》の君が鬚黒に北の方の胸の内を忖度《そんたく》して代弁した。多数の人々が求婚していた玉鬘をついに強引に我がものとした鬚黒大将は、うれしさの余り、一刻も早く玉鬘を自分の邸に移そうとして、それまでの北の方に冷たくなる。鬚黒の新しい結婚のために協力して香を薫《た》く北の方は、突如いそいそと玉鬘のもとに向かおうとする鬚黒の背後から香炉の灰を炭火もろとも浴びせかけ、鬚黒は結局玉鬘のもとに行けなくなってしまう。北の方の常軌を逸した発作的振る舞いを、木工の君は「〈思ひ〉の火が余って外に炎となって燃え上がったのでしょう」と、共感と同情と共に代弁している。実はこの木工の君も鬚黒のお手がついた召人（お手付き女房）で、北の方の気持ちは木工の思いそのものでもあったのだ。

衣に香を薫きしめるという理想的な妻の所作が一転して、激しい嫉妬の焔《ほのお》の跡を思わせる焦げ臭い匂いを残したという展開には、匂いと嫉妬の焔をめぐる皮肉な展開がしかけられている。焼け焦げた衣の匂いを嫌って衣を脱ぎ替え、髪を洗ってなお焦げくさい匂いが染みたように気にする鬚黒のあり方には、強迫神経症的な匂い妄想が染みこんでいる。払おうとして払い切れない鬚黒の罪の意識、疾《やま》しさの意識こそ、この匂いの「残存」エピソードにこめられたこだわりなのである。

## 15　はかなくてうはの空にぞ消えぬべき風にただよふ春のあは雪（「若菜上」）

――春の淡雪のように頼りないわたしは、お越しがないまま風に漂って消えてしまいそうです、地に落ちることもなく――光源氏との結婚四日目の女三の宮の歌。儀礼的な結婚期間である三日間の歌は残されず、四日目の歌が初めて記される。紅梅の枝に付けられた紅の薄様《うすよう》に書かれた手紙の、一面の雪の中に見える鮮やかさが印象的であるが、筆跡は内親王のわりには幼く、側にいる紫の上に見られることさえ恥ずかしいような手紙だったという。女三の宮はこの時十四歳、確かに若いが、書の稽古位は当然できていなくてはならない年齢である。歌も、光源氏の訪れのないことをすねて見せるような駆け引きや技巧はなく、やっと書いたような手紙で自信のなさそうな不安感が歌に満ちている。朱雀院からの豪勢な嫁入り道具、華やかな結婚披露宴と、贈り物の数々で紫の上を圧倒していたはずの女三の宮であるが、その歌には、紫の上をしのぐ気位どころか、その存在の根源的な不安を浮かびあがらせる無防備なまでの率直さが際立っている。女三の宮の歌には「消える」という表現が多く「あけぐれの空にうき身は消えななむ夢なりけりと見てもやむべく」「立ちそひて消えやしなましうきことを思ひみだるる煙《けぶり》くらべに」など、いずれも「空」に自分の存在そのものを消し去ってしまいたい願望を歌う。母を幼い日に失い、父から溺愛されて育ったが故のひよわさ、存在感覚の薄さなのだろうか。光源氏は手ごたえのないことに失望するが、そのひたすらな弱さに惹かれてもいる。熱心な教育家である光源氏には、教えるという欲望があって、女三の宮は実に教え甲斐のある生徒なのである。かつて若紫の少女を教えたように、玉鬘を教えたように、やがて女三の宮に琴を教え、それに熱中して、女三の宮に入れ込んでしまうのも、光源氏のありようだった。手ごたえのない消極性、受容性が、女三の宮の見えざる可能性を暗示する。人々に過剰に求められ、欲望を投影されてしまうのも、女三の宮のこのような白紙性故なのである。

## 16　恋ひわぶる人のかたみと手ならせばなれよ何とてなく音《ね》なるらん（「若菜下」）

――やりきれないほど恋しいあの人の形見だと思って飼いならしているとおまえはどうしてそんなにも鳴くのか――女三の宮降嫁二年目の春、桜のもとの蹴鞠《けまり》の際、柏木はかねてより恋い慕っていた女三の宮の姿を、猫のせいで上がった簾の脇から垣間見して、一層思いを募らせることになった。垣間見のきっかけを作った猫はそのまま紐が外されて、階段に座る柏木の懐におびきよせられた。猫の手触りの柔らかさ、上品さ、匂いの良さまで、この猫を愛玩していたであろう女三の宮その人を思わせるようで、柏木は猫を陶然と抱きしめた。その後も女三の宮に近づくことのできなかった柏木はかわりに策略をめぐらして猫を手に入れ、自分の床に入れて愛玩し、撫で、もて遊んで、あたかも女性を寵愛するかの如くだったという。

掲出歌は「ねうねう」という猫の鳴き声が、まるで共寝を誘っているかのように「寝よう寝よう」と聞こえるという過剰な思い込みを受けて詠まれた歌。「手ならせばなれよなにとてなくねなるらむ」という後半は、「ねうねう」の鳴き声に触発された、「な」「な」「な」「に」「な」「ね」「な」のナ行七回と、「ら」「れ」「る」「ら」のラ行四回が畳みかけられるように繰り返されて、肌の接触と「馴れ」と音《ね》の聴覚が、「なれ（猫）」という呼びかけがそのまま女三の宮幻想として膨れ上がっていくさまを捉えている。源氏物語の中でもすぐれて音律的で、眠気の中に誘われていくような、からみついていくような柏木の女三の宮を飼い馴らしたい欲望のつぶやきが聞こえる。

## 17　あけぐれの空にうき身は消えななむ夢なりけりと見てもやむべく（「若菜下」）

柏木は、蹴鞠の垣間見から六年後、紫の上の病の治療のために光源氏が二条院に移ってしまい、留守で人少なになった六条院を窺い、葵祭のさなかに女三の宮の御帳台《みちょうだい》（ベッド）に忍び入り、抵抗することもできずに震えている女三の宮を前に、垣間見以来の思いの積りを一方的に訴え、そのままさしたる抵抗もないまま女三の宮を我がものとしてしまう。柏木にとっては猫で反復し続けた仮想女三の宮への欲望がそのまま、自制を乗り越えて現実化してしまう瞬間であった。夢中で女三の宮を抱いてふと寝入った瞬間、それは性行為がついに行われた直後の時間であるに違いないが、あの猫がやってきてかわいく鳴いたので、女三の宮にさしあげた夢を見たという。猫は妊娠の夢に違いないと確信する柏木は、二人の関係が前世からの因縁であり、定められている一夜孕みの関係でもあったことを伝えたいと願うが、夜は早々と明けていく。

せめて明け方の光の中で女三の宮の顔を確かめたいと、妻戸を押し開けて、まだ暗い明けぐれの光の中で歌を交わす。「起きてゆく空も知られぬあけぐれにいづくの露のかかる袖なり」——女三の宮の涙をぬぐった柏木の袖は濡れそぼち、どこに帰っていいかもわからない混迷の心があたかも明けぐれの空のようです——という柏木の歌を受けて、歌さえ返せば柏木が引き上げてくれるだろうと無理して詠んだ女三の宮の歌が掲出歌である。——この明けぐれの空の中につらい私の身は消えてしまいたい。これは夢であったと言って終わりにできるように——夜が明けていながらまだ明けていないような暗さだという「明けぐれ」という歌ことばは、源氏物語のきわめて重要な場面に表れるキーワードである。明暗の矛盾する状況が登場人物たちの引き裂かれたような思いを象るものとして設定され、その明けぐれの空間でしかありえないことばが交わされている。「まだ明けぐれのほどなるべし」「のどかならず立ち出づる明けぐれ」と、状況設定もこの境界の時間を際立てる。源氏物語の作者が偏愛し、他の作品にはほとんど、見出すことのできない「明けぐれ」の時間の中に、柏木と女三の宮の運命的な出会いはもたれたのである。

## 18　うきふしも忘れずながらくれ竹のこは棄《す》てがたきものにぞありける（「横笛」）

柏木との明けぐれの密通の結果妊娠した女三の宮は、用心不足から光源氏に柏木からの手紙を見られ、懐妊中の子の実の父親が柏木であることを知られてしまう。光源氏の体面上その事実は伏せられ、咎めだてはなかったが、光源氏の態度ははっきりと冷たくなり、女三の宮は罪の意識から激しいつわりに苦しんだ。柏木も光源氏をおそれて外に出ることができなくなり、病状が進んで重態となっていた。生まれてきてほしくなかった子であるせいで、女三の宮は食欲それ自体がなくなり、腹の子も自分も死んでしまいたいとさえ思い乱れた。その結果、子供（薫）が無事誕生したのはいいが、生まれた子を見ようともしない光源氏の態度に絶望した女三の宮は出産直後に朱雀院の助けを借りて出家を敢行し、柏木もそれを聞いて絶望の中に亡くなった。この世に残された薫という赤子を一人育てる光源氏はこの子の美しさとかわいさ、生きようとする意欲に心うたれる。――両親たちのつらい裏切りも忘れ、目の前で竹の子にしゃぶりついている子を見ると、子供というのは棄てられないものだったんだなと実感する――「憂き節」に竹の「節」を掛け、「節」「くれ竹」「籠」を縁語、「子」と「籠」を掛け言葉とする。子供の成長のめざましさを「呉竹」「竹の子」に喩える。古今和歌集の「今さらに何生ひいづらむ竹の子の憂き節しげきよとは知らずや」を踏まえ、つらいこの世に生まれ育とうとする子の生命力に共感を寄せた歌となっている。紫式部集にも「若竹の生ひゆく末を祈るかなこの世を憂しと厭ふものから」の歌があって、夫宣孝が亡くなった疫病のさなかに残された子が病気する場面を詠んでいる。憂鬱の思いのただ中で生きようとする子供の生命力がかがやく瞬間を捉える意味で、「横笛」巻の薫へのまなざしと酷似する。物語の中で生を受けた薫が次世代のホープとして生い育っていくのを見つめるまなざしは、娘の生育に寄せた母紫式部の揺れるまなざしにも似たものとして、ここに提示されているのである。

## 19　いにしへの秋の夕《ゆふべ》の恋しきにいまはと見えしあけぐれの夢（「御法」）

――あの昔の野分の日、垣間見ることができた紫の上の面影が恋しいと思い続けてきたが、近くでその臨終のお姿をもういちどだけ拝見した明けぐれの時間が夢のようです――紫の上をひそかに慕い続けてきた夕霧が、臨終の紫の上の姿をこっそり覗きこんでいるのを光源氏は気づくがもはや咎めようとしない。息子にも紫の上の美しいすがたを脳裏に刻ませたいと、明りを近くに寄せて見つめる息子を許容している。柏木と違って真面目人間の夕霧は紫の上に憧れながら、長くその思いを抑圧してきたが、こうしてまじまじと目にする紫の上の姿がもはや命のない亡きがらであることに深い悲しみをおぼえている。光源氏は紫の上の髪をせめて没後であっても切って出家させてやりたいと願うが、義理の母の美しい亡きがらに執着する夕霧はいまさら髪など切っても何の功徳にもならないと、父に反抗する。夕霧の執着は当然のことながら光源氏自身の執着でもあって、本心では髪を切ることに耐えられない光源氏は息子とともに、もはや何も隠さない紫の上の亡きがらをひたすら見つめ続ける。

紫の上の死の場面に義理の息子の眼差しという危険な要素を織り込みながら叙述していくのは、悲しみに溺れた光源氏のまなざしでは捉え切れない客観性を保証するものだったに違いない。夕霧の眼に刻まれた紫の上の姿は、柏木が女三の宮を見つめた時と同じ「明けぐれ」の時間帯に据えられて、混迷する思いを一段と引き立てているのである。

## 20　大空をかよふまぼろし夢にだに見えこぬ魂《たま》の行《ゆ》く方《へ》たづねよ（「幻」）

紫の上を喪った光源氏は茫然自失し、人と会うことすらできないまま長い引きこもり生活に入った。「幻」巻は一月から十二月までの一年間を月次の屏風のように、十二月に分けて、それぞれに歌を配して展開される。一年という時間を経て、光源氏の死者との一体感が追体験され、「喪の仕事」が終わっていく過程を、ゆるやかな季節の推移と六条院の自然を配して、描き上げる。かつて六条院の自然は主宰する光源氏や紫の上の思いを映して、「折知り顔」に呼応する自然として捉えられていたが、もはや風景を統御する強いコントロール感覚を失った光源氏にはすべての自然が「知らず顔」に、違和感とともに感じられる。すべての自然は「知らず」と歌の中で表現され、すべての景物は「見えない」「見てもしかたがない」と見ることの無効を訴えるように見えるのである。これは「見ること」、「知ること」を通じて世界を支配してきた光源氏らしさの崩壊を意味している。光源氏歌には五十五回に及ぶ「見る」歌があり、他にはそのような登場人物は表れない。光源氏は源氏物語の作中人物の中で際立って「見る」人として描かれてきたのであるが、その光源氏が「見る」ことを放棄している。「知る」ことにも興味を失っている。

掲出歌は一年の終わりも近い十月の歌。雲のあたりを飛ぶ雁が常世からの渡り鳥として信じられてきた伝統を踏まえながら、紫の上の魂を携えてきた雁はあそこにはいなのかとつぶやきながらうたう歌である。――大空を行き交う幻術士よ、夢の中にさえ訪れてきてはくれないあの人の魂はどこへ行ってしまったか尋ね出しておくれ――長恨歌《ちょうごんか》の幻術士が楊貴妃の魂の行方を仙界の島に尋ねあて、その形見の品と言葉を玄宗皇帝のもとに持って帰ってくれたように、紫の上の魂の行方を教えてくれるのは誰もいないのかと、光源氏は絶望とともに「まぼろし」を追い求めている。もちろん、この場面は「桐壺」巻の有名な「たづねゆくまぼろしもがなつてにても魂《たま》のありかをそこと知るべく」を変奏したものである。桐壺帝が桐壺更衣の霊のありかをどこまでも探索したいと願ったように、今光源氏は紫の上の魂のありかだけが気がかりで、幻術士にも頼りたい心境なのだ。しかし都合のいい幻術士がそこに現れるはずもなく、靫負命婦《ゆげいのみようぶ》のような「代役」もいない。ただ空を眺める光源氏の姿がそこに繰り返されることになる。物語の帰結が冒頭に立ち戻り循環しているように、物語はその円環を閉じている。光源氏の生涯の意味とはどんなものだったか。結論は与えられないまま、静かに、源氏物語の正編は終わっていくのである。

# 読書案内

## ◉現代語訳

大塚ひかり全訳『源氏物語』一〜六　ちくま文庫　二〇〇八〜一〇年　――適確なひかりナビ。

林望『謹訳　源氏物語』一〜十　祥伝社　二〇一〇〜一三年　――洒脱な教養人の源氏。

橋本治『窯変　源氏物語』一〜十四　中公文庫　一九九五〜九六年　――あえて挑戦する気概のある人に。

与謝野晶子『与謝野晶子の源氏物語』上中下　角川ソフィア文庫　二〇〇八年　――古典的でかつ知的な読みやすさは抜群。

## ◉原文の雰囲気も知りたい

新編日本古典文学全集『源氏物語』一〜六　小学館　一九九四〜九八年

新潮日本古典集成『源氏物語』一〜八　新潮社　一九七六〜八五年

玉上琢彌訳注『源氏物語　付現代語訳』一〜十　角川ソフィア文庫　一九六四〜七五年

◉注釈と鑑賞のお手本

玉上琢彌『源氏物語評釈』一～十二、別巻二　角川書店　一九六四～六九年

◉引き歌の内容や技法が知りたい

鈴木日出男『源氏物語引歌綜覧』風間書房　二〇一三年

◉源氏物語の絵画を合わせて読みたい

佐野みどり『じっくり見たい『源氏物語絵巻』』小学館　二〇〇〇年　――読みの角度。

三田村雅子『源氏物語　天皇になれなかった皇子のものがたり』新潮社　とんぼの本　二〇〇八年　――豊かな雑学の楽しさ。

徳川美術館『絵画でつづる源氏物語』図録　徳川美術館　二〇〇五年　――豊富な絵画資料と年表。

◉紫式部について知りたい

清水好子『紫式部』岩波新書　一九七三年　――色あせない名著だが、入手困難か？

南波　浩校注『紫式部集　付　大弐三位集・藤原惟規集』岩波文庫　一九七三年　――簡

便で軽い。注がやや難しい。

新潮日本古典集成『紫式部日記　紫式部集』新潮社　一九八〇年　――紫式部集も入っていて便利。

◉時代背景について

角田文衛監修、古代学協会・古代学研究所編『平安時代史事典』全三冊　角川書店　一九九四年（二〇〇六年にCD－ROM化）　――壮大な資料集。

◉源氏物語の享受について

三田村雅子『記憶の中の源氏物語』新潮社　二〇〇八年　――各時代の源氏フリークたちを描き出し、文化と権力の関係を解き明かす。

本書は、「ＮＨＫ１００分de名著」において、２０１２年4月と7月に放送された「紫式部　源氏物語」のテキストを底本として一部加筆・修正し、新たにブックス特別章「歌で読み解く源氏物語」、読書案内などを収載したものです。

装丁・本文デザイン／菊地信義

編集協力／渥美裕子、湯沢寿久、福田光一

図版作成／小林惑名、山田孝之

エンドマークデザイン／佐藤勝則

本文組版／㈱CVC

協力／ NHKエデュケーショナル

p.1　土佐光起「紫式部図」（部分、石山寺蔵）

p.13　『源氏物語絵巻』「柏木　三」（部分、徳川美術館蔵 ©徳川美術館イメージアーカイブ／ DNPartcom）

p.49　狩野山楽「車争図屏風」（部分、東京国立博物館蔵 Image : TNM Image Archives）

p.79　『源氏物語絵巻』「鈴虫　二」（部分、五島美術館蔵）

p.105『源氏物語浮舟帖』第２図（部分、大和文華館蔵）

三田村雅子（みたむら・まさこ）

1948年東京生まれ。国文学者。フェリス女学院大学名誉教授。早稲田大学第一文学部卒業、同大学院博士後期課程修了。フェリス女学院大学教授、上智大学教授を歴任。専攻は『源氏物語』『枕草子』、日記文学、中世物語など。NHK教育テレビ「古典への招待」の講師を長く務めた。主な著書に『記憶の中の源氏物語』（新潮社）、『源氏物語　感覚の論理』（有精堂）、『源氏物語　物語空間を読む』（ちくま新書）、三谷邦明との共著『源氏物語絵巻の謎を読み解く』（角川選書）などがある。

NHK「100分de名著」ブックス
紫式部 源氏物語

2015年12月25日　第1刷発行
2024年4月20日　第10刷発行

著者――――三田村雅子 

発行者―――松本浩司

発行所―――NHK出版
〒150-0042　東京都渋谷区宇田川町10-3
電話　0570-009-321（問い合わせ）　0570-000-321（注文）
ホームページ　https://www.nhk-book.co.jp

印刷・製本―広済堂ネクスト


Printed in Japan　ISBN978-4-14-081675-2　C0090

# NHK「100分de名著」ブックス